LE

LION DE LUCERNE

PARIS. — IMPRIMERIE PARISIENNE
Dupray de la Maherie, Boulevart Bonne-Nouvelle, 26. Impasse des Filles-Dieu. 5

ARTHUR PONROY

LE LION DE LUCERNE

Lettres familières

À

UN MEMBRE DE L'ACADÉMIE DES SCIENCES MORALES ET POLITIQUES

PARIS

E. DENTU, ÉDITEUR
GALERIE D'ORLÉANS, 13 ET 17
(Palais-Royal).

DUPRAY DE LA MAHÉRIE
A LA LIBRAIRIE PARISIENNE
14, Rue d'Enghien, 14

1863

LETTRE PREMIÈRE

Saint-Gaultier (Indre), ce 14 juillet 1862.

Puisque vous semblez y tenir. — Lit de rochers où dormit le roi Henri IV. — Vos châteaux en Icarie. — Les monarchies valent mieux que les républiques. — Non pas! — Si fait! — Je vous défie de me démontrer jamais!... — Fièvre des peuples malades; sommeil des peuples éteints; résignation des peuples neutres. — Calomnie!... visitez-les. — Où les prendre?... — Aux États-Unis, visite dangereuse. — Au Mexique, visite pénible. — Allez en Suisse de par tous les diables! — J'irai en Suisse, si vous y tenez. — Serment, non du Jeu de Paume. — Je suis allé..... je suis revenu. Effacez-vous, et gare la bombe!

Aux instances un peu arrogantes que vous m'adressez, bien cher monsieur et ami, il faut enfin que je me rende.

Vous voulez que je parle... je parlerai.

Je m'arrangeais pourtant fort bien de me taire, et de savourer tout bas mon triomphe, pendant que vous rêviez le vôtre. De cette façon-là du moins nous étions contents tous les deux... vous souriant encore à votre chère illusion, moi buvant à longs traits les délices d'une réalité plus chère.

Vous me provoquez à une lutte... qui ne sera pénible pour moi qu'en raison des horions que vous venez y braver; par grâce, laissez-moi respirer un moment... ne fût-ce qu'à charge de revanche.

Du lieu où je tiens la plume pour vous adresser ce premier salut d'escrime, je découvre tout un délicieux paysage qui vaut bien, je vous assure, ceux que j'ai contemplés pour vous plaire.

Un riche bosquet de clématites en fleurs m'environne de sa verdure et me pénètre de sa douce odeur. A cent pieds au dessous de moi bondit la Creuse entre ses pittoresques remparts. Partout des bruits heureux qui montent; coquets murmures de vagues en colère qui ne demandent qu'à s'apaiser; çà et là torrent qui gronde; plus loin, lame d'acier qui miroite au soleil; ailleurs, suprêmes tressaillements d'une eau mourante qui s'en va refléter, en les caressant, les hautes herbes du rivage.

Dans son casque de conquérant, Henri IV a bu l'eau de cette rivière; il a dormi dans le creux des rochers qui la dominent; il a pris les forteresses dont les ruines la hérissent encore. Laissez-moi un peu vous parler d'Henri IV... hein? .. Cela vous va-t-il? Dites? Vous m'épargnerez par là la préoccupation cruelle de... — Je vois que cela ne vous va pas du tout; vous voulez que notre querelle se vide au grand jour; mais vous noterez au moins par avance que, dans le rude échec et mat qu'il vous aura plu d'affronter contre ma foi et ma doctrine, je n'aurai pas péché, ce me semble, par méchanceté d'intention.

C'est vous qui m'avez provoqué; c'est vous qui, d'un front indocile, êtes venu vous heurter à ce vieux granit gallo-latin qui supporte avec tant de majesté nos quatorze cents ans d'histoire. Poussé à bout, j'ai accepté la lutte courtoise que vous m'offriez. *Veni.... vidi....* Trop humble Dieu m'a fait naître, pour que j'ose m'attribuer ainsi, à votre barbe, le bénéfice de la victoire; mais, vous aussi, vous êtes trop sincère, pour ne pas avouer tout à l'heure aux quatre vents de l'opinion, que vous êtes battu à plate couture; que vous vous êtes fourré la tête dans un guêpier.... c'est dans une ruche que j'ai voulu dire, car les dards y sont moins aigus que pur et doux le miel d'une heureuse espérance.

Consolez-vous donc en philosophe de votre déconvenue; et, pour bien vous convaincre que vous avez joué à qui perd gagne, laissez-moi vous enfoncer le fer dans la blessure, le retourner avec ivresse.... et vous serez tout surpris de constater et de reconnaître les profondes effluves d'une vie ardente et nouvelle, là où vous ne comptiez avoir à combattre que la stérile contemplation des souvenirs.

Pleurez donc sur la ruine croulante de vos châteaux en Icarie ; mais ne croyez pas que je vous tienne quitte pour si peu de la mésaventure qui vient semer de feuilles jaunes les méandres de votre illusion. Ce sera jusqu'à la lie que je vous ferai boire le calice ; et quand vous aurez bien bu, bien savouré à longs traits le vieux falerne monarchique qui m'a, grâce à vous, moins enivré que fortifié, ce sera vous-même qui devrez dire à voix haute ce qu'il faut penser désormais de l'affreuse piquette démocratique et sociale dont se gargarisent à souhait les simples de notre temps.

Ah ! vous avez voulu me contraindre à ruminer trois semaines durant sur pacage républicain... Eh bien ! fiez-vous-y désormais aux pérégrinations scientifiques et humanitaires ; échafaudez tranquillement hypothèses sur conjectures... Le Pélion de l'ordre rêvé sur l'Ossa de l'anarchie réalisée ; allez demander aux républiques la leçon qu'elles lèguent incessamment à l'avenir ; frappez-leur sur la poitrine à ces agglomérations atones ou fébriles, engourdies ou frénétiques, et vous demeurerez stupéfait qu'à l'arrière-plan de cette institution, riante dans son décevant mirage ; tantôt criminelle, tantôt secondaire dans sa vie esclave ou déréglée, il y a de toute nécessité le despotisme qui les menace de ses nombreuses variantes, ou ce fédéralisme sans tête qui, par le chemin des divisions, marche droit à la ruine.

Vous comprendrez tout cela, cher monsieur, sans qu'il soit besoin de recourir aux preuves brûlantes; et vous vous convaincrez d'une façon toute sérieuse que la république, surtout depuis le christianisme, cette Génèse des temps modernes, n'est et ne saurait être pour les peup es qu'un état transitoire par lequel il faut nécessairement qu'ils passent, avant d'arriver à la dictature qui est l'organisme dé leurs vices et de leurs bassesses, et par suite, à une renaissance monarchique qui est l'organisme de leurs talents et de leurs vertus.

Vous n'avez pas oublié sans doute, car il faut éclairer ce point, la discussion loyale et passionnée que nous eûmes, il y a quelques mois, à propos des principes antérieurs qui mettent en œuvre les faits et gestes de l'autorité.

Vous proclamiez la république comme l'idéal du gouvernement des sociétés; je soutenais qu'à dater du christianisme, transfiguration divine du monde antique en monde moderne, la république n'a été, n'est, ne sera et ne saurait être qu'une forme purement négative de gouvernement et conséquemment de civilisation; la fièvre chaude des peuples malades, le sommeil des peuples éteints, ou la résignation des peuples neutres.

— Vous en jugez de la sorte, me répondiez-vous, parce que vous êtes le trente-cinq millionième atome d'une nation qui, depuis quatorze siècles, n'a vécu que par le catholicisme et la monarchie. Origine engage plus encore qu'elle n'oblige ; et il ne se peut guère qu'un Français n'en revienne nécessairement, un jour ou l'autre, à sentir la pression des trente générations d'aïeux qui lui ont infusé le sang catholique et royaliste dans les veines. Je sais bien, ajoutiez-vous, que la France est pays perdu pour la république ; mais ce qui ne saurait s'obtenir du tempérament d'une nation, ne saurait-il être imploré d'une intelligence individuelle? Vous n'aimez pas les républiques, dites-vous, parce que plus on divise le gouvernement des hommes, plus on affaiblit leur action ; parce qu'il n'y a pas de république pour qui le génie, la grandeur ou même le talent ne soient une offense et un danger ; mais je vous fermerai la bouche en vous répondant que le bonheur vaut mieux que la gloire, et la vertu que le génie. Sages les peuples qui se font oublier ; je veux bien que le sang français vous engage à courir sur les pas de vos rois le chemin des grandes aventures ; mais je veux aussi que votre respect de l'homme vous contraigne à vous assurer que les républiques qui vivent bien, valent tout au moins les monarchies qui n'affirment leurs triomphes que par la pesanteur de leurs revers.

La dispute s'échauffa beaucoup, s'il vous en souvient un peu. Je vous présentai respectueusement les observations les plus pertinentes ; j'osai vous soumettre cette considération que l'homme ayant été envoyé ici-bas pour conquérir et pour accroître, il est injuste de lui imputer à reproche ses blessures ou ses sueurs. — Et quand même le sang qui coule et le cœur qui souffre seraient le droit commun des exilés de ce monde, fournissez-moi donc la preuve, m'écriai-je, que, dans les républiques, la sueur est moins sanglante et la douleur moins amère!... Les monarchies souffrent et suent à bien faire, dites-vous!... — mais les républiques, s'il vous plaît... elles souffrent deux fois, et de la honte des bourreaux et du martyre des victimes; de la rage noire de ceux qui offensent et de la légitime colère de ceux qui sont offensés.

— Bah!... vous écriâtes-vous en grondant comme une vague, vous ne voulez voir la monarchie qu'à travers le prisme glorieux des saint Louis, des Henri IV et des Louis XIV; la république à travers l'auréole de sang qui enveloppe vos bêtes féroces de 93. Voyez donc la république là où elle est constitutive; allez la voir là où elle n'est pas exécrée par les gens de bien, étant servie par la canaille; et, avant de condamner les républiques, parlez-en au moins *de visu*, et fournissez la preuve que vous ne calomniez pas les gens avant d'avoir mis le pied chez eux, ou tout au moins votre carte de visite à leur porte.

Je m'inclinai modestement, si ma mémoire est fidèle; mais je n'oserais affirmer que ma voix ne révélât pas une certaine intonation machiavélique quand je vous répondis du ton le plus doucereux :

— C'est là une idée ingénieuse, et je suis tout disposé, sous la garantie de certaines conditions l est vrai, à porter mon pied profane sur une terre républicaine. Je comprends... Vous voulez que je parte pour l'Amérique du Nord; que je fasse voile vers cette terre classique de la liberté, de l'égalité et de la fraternité. A vos souhaits! Et il sera bon que j'aille faire un cours d'harmonie et de paix universelle entre les cinq cent mille unionistes de M. Abraham Lincoln et les cinq cent mille séparatistes de M. Jefferson Davis. Je veux bien y aller.... pourvu toutefois qu'il vous plaise faire assurer votre ambassadeur démocratique contre les hasards du canon rayé, de la potence ou du tomahawk. Des leçons de liberté!... MM. Mason et Slidell sont là pour répondre; des leçons d'égalité... un souvenir à John Brown s'il vous plaît!... Et quant aux leçons de fraternité, oh!... celles-là... elles ruissellent d'un bout à l'autre de l'Union américaine; et si elles ne persuadent pas les esprits, du moins est-il vrai de dire... qu'elles inondent et engraissent la terre.

Vous devîntes rouge comme un coq, et fîtes un geste désordonné.

— C'est abuser étrangement!... vous écriâtes-vous avec feu...

Ce à quoi je répartis :

— Vous ne voulez pas que j'aille contempler les républiques dans l'Amérique du Nord; je vous sais gré de cette prudence à l'endroit d'une gue–

nille qui m'est peut-être trop chère. Je vois ce que c'est... Vous aimez mieux que j'aille promener mon pied monarchique vers les steppes brûlantes de l'Amérique du Sud, afin que Juarez et Zaragosa me persuadent mieux que ne saurait le faire le sénat de Washington !... Mais permettez ; si grande que soit ma passion monarchique, elle ne va pas jusqu'à vouloir donner un trône à l'archiduc Maximilien ; j'aime les souverainetés que les siècles ont faites, et que Dieu prend la peine de conserver en exercice... ou en réserve ; je n'aime pas les souverainetés que l'on improvise dans les nuages, avec les débris de sceptres et de couronnes dont on s'est fait un joyau. Au Mexique, je me trouverais face à face avec des institutions que bat en brèche le canon de France ; au lieu de les observer, je serais tenté de les pourfendre ; vous trouverez donc bon que je n'aille pas contempler une république sur un sol où l'honneur de nos soldats est en quelque sorte engagé à la détruire.

— Vous êtes cruel et impitoyable, reprîtes-vous en souriant avec un peu d'amertume, oui je conviens volontiers que la république n'est pas bonne à observer aux Etats jadis unis ; au Mexique, théâtre d'événements qui commencent la série des rudes leçons de l'heure présente ; je n'ai point à m'expliquer sur la guerre d'Amérique dont les causes sont trop multiples et trop profondes pour être si rapidement abordées ; je ne veux pas m'expliquer davantage sur la guerre du

Mexique qu'il n'est pas convenable de discuter pendant qu'elle se poursuit; mais je vous ferai observer que les malheurs de tout un continent ne sauraient être la condamnation d'une institution. L'Europe des rois n'est guère mieux en possession d'elle-même que l'Amérique des planteurs; et vous ne m'accorderez sûrement pas que la faute presque criminelle des monarques soit la condamnation des monarchies. Laissons donc l'Amérique en paix, s'il vous plaît!...

— Serait-ce par hasard vers les oasis de Saint-Marin, ou même les bocages verdoyants du Val d'Andorre, que vous prétendriez borner le cours de mes pérégrinations humanitaires?

— Pas précisément; mais puisque me voilà engagé à vous infliger une punition de vos sarcasmes, morbleu, vous l'accepterez, si vous ne voulez que, toute ma vie, je vous accuse d'avoir détourné les yeux pour ne pas voir la lumière. Vous irez en Suisse, au cœur même de notre vieille Europe, à quatre pas de la France et à quatre pas de l'Italie. Là, sous la garde d'une nature puissante et riche, vous trouverez une nation qui n'est ni allemande, ni française, ni italienne, et qui est un peu tout cela ensemble; là, vous trouverez des cités sans troubles fébriles; une nation sans capitales vertigineuses; le calme dans les mœurs; la simplicité dans les coutumes; et, ce qui doit plus vous importer que tout le reste, un admirable sentiment d'honneur et de patrie qui a mieux conservé ce peuple que toutes vos traditions glorieuses, vos monuments inimitables, vos grands hommes et vos chefs-d'œuvre. Allez voyager en Suisse; et, dans ce pays de pâtres et de bourgeois, au milieu de ces désordres grandioses d'une nature qui rend l'homme craintif et humble, vous trouverez ce que d'autres peuples ont perdu sans espoir peut-être de le retrouver : le respect et l'amour des institutions nationales ; le sentiment d'une vraie et forte fraternité chez les enfants d'une même patrie. Français, jetez tant que bon vous semblera un regard d'orgueil sur vos annales; admirez-vous dans vos rois et dans vos grands hommes; glorifiez-vous dans vos œuvres; irritez-vous dans votre présent; raffermissez-vous peu à peu dans le beau rêve de votre avenir..... Mais, intelligence libre et loyale, allez contempler à vos portes des institutions plus stables que les vôtres; des caractères moins tumultueux et conséquemment plus solides; une histoire moins riche sans doute, mais peut-être plus digne d'estime; une vie active moins glorieuse, moins éclatante, mais certainement moins obsédée aussi par l'âpre ivresse des passions et des convoitises.

— Vous me rendrez cette justice de reconnaître hautement, que j'écoutai votre discours avec la plus affectueuse déférence. Je crois même qu'une larme furtive vint errer au bord de ma paupière, quand je vous entendis prononcer telle et telle parole qui portait à plein sur mon cœur ulcéré. Je frémis un peu; je vous serrai la main en baissant la tête; et j'osai vous répondre à demi-voix :

— C'est vous au moins qui voulez que je sorte de France et qui me dites que hors de France je respirerai plus à l'aise. Ah! vous me condamnez à un pèlerinage en Suisse; je le veux bien; j'y rencontrerai peut-être en route cette fraternité des gens de bien qui ne fait jamais défaut chez les nations chrétiennes; je ferai tout mon possible pour ne pas y rencontrer l'égalité, ce rêve profane des lâches et des envieux; et quant à la liberté..... si je la rencontre, je lui tâterai le pouls, je vous donnerai de ses nouvelles; et cela fera peut-être plaisir à quelques-uns de savoir qu'elle se porte bien quelque part.

Je prendrai donc le bâton de voyage... et j'irai faire visite aux institutions républicaines. Quand je les aurai vues, je vous dirai ce que j'en pense; et ce sera peut-être à votre satisfaction, tant je suis las, fatigué, obsédé, harassé, irrité, de ce bizarre steeple-chase aux gouvernements que nous poursuivons depuis le serment du Jeu de Paume et la déclaration des droits de l'homme et du citoyen.

Telle est donc la substance de la conversation dont je me suis fait un devoir de rapporter le sens, et autant que possible les termes. Vous exigeâtes mon serment; je vous l'engageai avec bonheur; et je me préparai au départ.

Depuis quelques semaines cependant, le pèlerinage est accompli ; j'ai vu la Suisse ; je me suis arrêté à Bâle, à Berne, à Interlaken ; sur le lac des Quatre-Cantons ; à Lucerne... surtout à Lucerne ; et j'ai hâte de vous rapporter fidèlement mes impressions de voyage... tant cela me semble facile, sinon de vous faire croire ce que je crois, du moins, de vous faire aimer ce que j'aime, estimer ce que j'estime, et admirer ce que j'admire.

Prenez-y garde, maître et ami ; pour résister aux coups un peu rudes que j'ai à vous porter, vous avez la raison bien haute, l'âme bien forte et le cœur bien bon !... Raison, hauteur, force, bonté, droiture.... C'est sur un sol républicain que je viens de subir votre empire ; c'est sous votre invocation que je me place, pour conquérir sans la vaincre l'âme droite d'un partisan sérieux et honnête du système républicain.

LETTRE DEUXIÈME

Poitiers, ce 25 juillet 1862.

Où, de nos jours, va la gloire. — Etre mieux en France que hors de France. — Le lac des Quatre-Cantons. — Lieu d'asile des foulques noires. — Lucerne, ville républicaine. — Des auberges au lieu de temples. — Un pauvre. — Recherche des monuments. — Thorwaldsen et son lion. — Ne dormirait-il que d'un œil ? — Description du monument. — L'airain qui sue, les pierres qui pleurent.

Moi aussi, bien cher monsieur et ami, je repasse sur mes vieilles traces avant de rentrer à mon gîte ; hier au pied de ma ville natale, ou des villes de mon affection, des lieux chers à mon souvenir ; ce jour au sommet de l'antique dune celtique où j'ai vu se lever tour à tour et se coucher tant de soleils.

Il me semble d'ailleurs que c'est un devoir sacré dont je m'acquitte. Ce que j'éprouve fortement, il importe que je le dise, surtout aux lieux où j'ai appris à la fois à penser et à souffrir; et il ne se pouvait guère, me connaissant comme je me connais, que je n'allasse parler de Lucerne aux roseaux de l'Indre, aux rochers de la Creuse, aux sables du Cher et de la Loire, comme aussi aux riantes collines de la Vienne et de la Gartempe.

Me voilà donc à Poitiers, dans une ville où l'agression anti-catholique est aveugle et furieuse, par cela précisément que la défense s'y montre intrépide, entre les mains d'un de ces pasteurs à la fibre saine et brûlante dont la présence est un signe de prochain triomphe, tant leur énergie est tranquille, leur foi constante; tant il y a d'empire dans la douce et sereine majesté de leur certitude.

Car, de nos jours, en notre temps de monarques oublieux, de princes libres-penseurs, de potentats du premier-Paris, d'*importants* de l'estaminet ou de la coulisse; à une époque où toute cette grande armée de petites gens saturés de haine, s'imagine en avoir fini avec l'œuvre d'*écrasement* du patriarche de Ferney, vite... il se trouve que c'est parmi eux précisément que se fait la nuit; tandis que tout le ressort, toute la vie, tout le mouvement des hautes renommées ne porte plus que les *cléricaux;* et que là où les derniers-nés du monstre révolutionnaire répondent à des noms ridicules qu'avoue à peine la muse du pamphlet ou du vaudeville, LES AUTRES sont en train de former une phalange, une sorte de bataillon sacré qui est

il est le dernier ; et quand il vous salue avec sa vieille main osseuse élevée contre son bonnet de police, la jambe tendue et le pied en dehors comme un grenadier de Fontenoy, on s'émeut, on sourit, on pleure..... et l'on est heureux de tendre une main française et monarchique à cet invalide républicain.

Je fis asseoir le vieillard à côté de moi, bien qu'il voulût s'en défendre, car il est ingambe comme à l'heure où il s'échappait des Tuileries; mais il ne voulut y consentir qu'après m'avoir dit d'un ton presque protecteur :

— Ici près.... dans la chapelle, nous gardons l'ordre signé de.....

Je l'interrompis à temps, car je n'aime pas à entendre rappeler près de moi le triste mais bien pieux souvenir des malheurs du trop excellent monarque dont la chute ouvrit une si longue ère d'infortunes pour sa race et pour son peuple... lui et les siens ne s'étant pas souvenus que, selon les paroles de saint Léon le Grand, si récemment et si providentiellement relevées par le tranquille et inflexible Pie IX : « Il importe de poursuivre avec » le zèle et la foi du Seigneur, ceux qui pervertis» sent étant pervertis, et arracher avec toute la » sévérité possible le venin des âmes, afin qu'il ne » s'étende pas plus loin. »

— Oh! oui..... je sais.... je sais, dis-je à l'invalide, vous avez dû poser les armes, parce que celui qui vous en donnait l'ordre, plus père que roi, plus tendre que fort, ne pouvait pas supposer qu'en France, dans le palais même des rois les plus populaires qui jamais aient régné en Europe, il y eût des scélérats étrangers à toute loi divine et humaine, non moins lâches devant la lutte que féroces devant des hommes désarmés. Les Gaulois d'Ambigat se battaient tout nus, les chevaliers de saint Louis se plaignaient de la pesanteur de leurs armures, les soldats de Condé attaquaient Lérida en chantant; à Lens ils se battaient sans souliers, presque sans pain et sans munitions... mais les sans-culottes du 10 août..... ils n'avaient de courage que contre des prisonniers de guerre; ce n'était plus des hommes de combat, mais bien des hommes de massacre; et à la clémence de leur souverain trompé, ils répondaient par un attentat énorme contre des gens qui en déposant les armes avaient cessé d'être des soldats.

— Au moins, ajoutai-je, en serrant dans mes deux mains la main du nonagénaire, vous n'en voulez pas à la mémoire du malheureux Louis XVI.... vous n'en voulez pas à la France! Si Louis XVI a commis des fautes contre sa couronne, contre sa race, contre les peuples dont Dieu lui avait confié la garde, Dieu l'a trop puni dès ce monde, pour ne pas lui avoir réservé dans l'autre la plus glorieuse, la plus immortelle des couronnes. Dieu ne l'a pas frappé; Dieu l'a retiré d'ici-bas, en y laissant sa dépouille mortelle en exemple aux rois qui se hâtent de l'oublier. Il a pardonné à ses bourreaux; vous ne sauriez donc lui en vouloir, vous autres, à ce roi juste et populaire qui fut votre père adoptif. Il pouvait, il devait sévir, il ne l'a pas fait...... Dieu le garde !...... Le rôle des soldats est d'obéir, même et surtout quand ils ont à braver une mort qui va leur devenir commune avec le maître qui, mourant comme eux, montre par là qu'il ne les a pas trahis. Le sort de Louis XVI, ô braves Suisses du 10 août, fut le vôtre ; et, comme vous, on le tua, près l'avoir désarmé.

L'invalide ne me répondit pas tout d'abord : un moment son œil gris et vitreux erra sur le magnifique monument qui porte écrit au-dessus du colossal emblême :

HELVETIORUM FIDEI AC VIRTUTI !.....

Et ce regard éloquent semblait dire :

— Est-ce que ce n'est pas aussi à la France que nous avons élevé ce monument? et les nations peuvent-elles se garder rancune quand elles sont liées par un semblable souvenir ?

Puis, il vint se rasseoir près de moi, il essuya doucement une larme avec le revers de sa manche rouge, et il dit d'une voix un peu creuse, mais bien tendrement émue :

— Oh ! le bon roi Louis XVI.... et la belle reine Marie-Antoinette.... je les ai vus comme je vous vois; lui, toujours triste, elle, toujours fière. Chez nous, depuis tant d'années, on ne parle d'eux que pour les bénir..... Et quand nous voyons venir ici les jeunes héritiers des grands rois de France !.....

— Vous les avez vus?... lui dis-je avec l'émotion la plus vive. En effet, c'est tout près d'ici que madame la duchesse de Parme, l'auguste mère d'un de ces princes détrônés qui attendent le réveil de l'Europe, la petite-fille de notre excellent Charles X, a fixé le lieu de son exil. Je sais même qu'il y a deux ans, le prince, celui que le nonce du pape éleva dans ses bras en **1820** en face du corps diplomatique en lui disant :

— Messieurs, je vous présente L'ENFANT DE L'EUROPE...

Je sais que notre duc de Bordeaux, aujourd'hui le comte de Chambord, est venu recevoir à Lucerne l'hommage de ceux qui lui sont restés fidèles. Le prince s'est arrêté bien souvent sans doute en face de ce prodigieux monument. Il a entendu la messe dans vos églises de Lucerne, et certainement dans cette chapelle que vous me signaliez tout à l'heure. Vous l'avez vu, n'est-ce pas?... Lui et la pieuse compagne qui prie à ses cotés pour la France?... Parlez-moi d'eux... Dites-moi si ce prince a dans le regard quelque flamme mystérieuse qui rappelle les soixante rois qui ont régné avant lui... S'il y a encore sur sa lèvre Gallo-Latine, la trace du vin de Jurançon dont voulut la parfumer Louis XVIII? Oui, parlez-moi de ce prince blond, de cette personnalité mystérieuse dont s'entretiennent tout bas depuis trois siècles les prophètes et les gens d'esprit. Je ne vous cacherai pas, bon vieillard, que je suis venu en Suisse pour étudier les institutions républicaines et que, conséquemment, il me serait tout à fait agréable, après avoir visité le monument le plus monarchique qui fût jamais, d'y entendre parler un peu des illustres enfants exilés qui...

Comme pour achever ma période, je levais les yeux sur mon brave interlocuteur : je restai un moment ébahi de la figure qu'il me faisait. Sa vieille lèvre demi-railleuse, avait des plis insolites qui accusaient à la fois l'étonnement et la bonne humeur. Ses petits yeux pétillaient de joie : un moment il balbutia des mots indécis, puis il s'écria de sa voix la moins rauque :

— Vous ne savez donc pas?...

— Quoi?...

— Ils sont ici!...

— Qui?...

— Eh! bien, LUI... et ELLE, le vrai héritier du bon roi Louis XVI... et la mère, la jeune mère du vrai duc de Parme.

— A Lucerne!...

— A Lucerne même... depuis deux jours... avec un tas de Français qui arrivent... qui arrivent... de beaux messieurs, de belles dames, de bien jolies demoiselles... Je croyais que vous en étiez.

Je vous prie de croire, bien cher monsieur et ami, que déjà je n'entendais plus la fin du compliment, ou de la raillerie, comme il semblera bon de le prendre à votre mauvaise humeur. J'avais à peine serré la main au bonhomme, et déjà je marchais à pas de Sicambre du côté de cette même ville de Lucerne où je commençais à ne plus m'étonner de ne pas avoir trouvé de gîte.

Quand j'arrivai sur la place publique — il était à peine dix heures de la matinée — je pus me croire un moment en plein boulevard Italien. Je passe sur mon étonnement, ma stupéfaction, et dussiez-vous m'en maudire, j'oserai ajouter : ma joie.

Il n'y avait rien de plus vrai au monde. C'était devant les hôtels que, le matin, j'avais pris pour des temples républicains, des allées, des venues, un chassez-croisez de piétons, de voitures..... de voyageurs arrivant demi-perdus sous l'échafaudage de leurs paquets; puis, de beaux messieurs en habit noir, en gants paille, en bottes vernies, de Bretons et de Toulousains, de Normands et d'Arlésiennes... des ouvriers de Paris, des Vendéens en grand costume, des zouaves pontificaux, des prêtres, des publicistes et... *infandum!...* voilez-vous la face... allez-vous-en faire amende honorable au pied des Lions de l'Institut, quand je viens vous révéler qu'une des premières figures de connaissance que je trouvai là ce fut... mais ne le dites pas au moins, ne faites pas de tort à un pauvre poëte déjà couronné des épines de la destitution... ce fut... *Lugete, veneres-en demi-solde... cuppidines-cantinières...* muses d'Etat, voilez-vous la face... ce fut un membre de l'Académie Française, Victor de Laprade en personne... Victor de Laprade à Lucerne!...

— Ah bah!... lui dis-je d'un ton doux et naïf en lui tendant la main, il paraît que vous venez aussi étudier les institutions républicaines, vous!... Moi, je viens de visiter le monument, mais je ne m'attendais pas à la surprise inouïe... Est-ce vrai?... Est-ce possible?... Monseigneur ici?... et madame la duchesse de Parme, m'a-t-on assuré?...

Le spirituel et charmant poëte me regarda d'un air narquois; puis il haussa les épaules — académiquement à vrai dire — et grommela dans sa barbe grisonnante :

— Vous ne le saviez pas, n'est-ce-pas?...

— Je veux être décoré tout vif si... apprenez que je suis ici en ambassade, envoyé par un de vos plus illustres confrères de l'académie des sciences morales et politiques...

— Pour?...

— Pour étudier les institutions républicaines.

Le poëte se tordit les côtes, puis il me prit le bras et me dit :

— Faites-vous présenter ce soir même... et il vous sera tout loisible d'étudier ici les institutions républicaines.

LETTRE QUATRIÈME

Vaurais, ce 29 septembre 1862.

Le printemps s'en est allé. — Le souvenir éveille la muse. — Deuils de famille et deuils de patrie. — Ce qu'on donne aux bons princes, ils le rendent. — Saint respect de la justice. — La retrouver en son principe. — Rien de plus grand que le bon droit. — Les apôtres de la fidélité. — Riches austères, pauvres avides. — Madame la duchesse de Parme. — Le prince héritier des rois. — Étrange beauté de son visage. — Ce que disent ses qualités. — Résumé d'une grande race. — Il ne ressemble qu'au grand Dauphin.

C'est de chez moi que je vous écris, excellent ami, sous ces modestes ombrages où je chercherais la paix, s'il m'était permis d'y prétendre ; où je me reproche parfois de perdre quelques heures à rêver, tant la soif d'agir me tourmente, tant devient âpre le besoin que j'ai de combattre pour la justice.

En cette année que je regarde pourtant comme heureuse, je n'ai pas vu le printemps : la fauvette et le rossignol sont arrivés et sont partis sans m'adresser leurs saluts harmonieux ; la blanche aubépine et la primevère, les jasmins, les lys, la neige odorante des acacias, la nielle rose et la menthe des prés, tout ce qui est fleurs et parfums s'est en allé sous les ardeurs de la saison dévorante. Le raisin mûrit, les blés sont battus, la campagne est grise, les feuilles commencent à jaunir; et moi, pauvre âme obsédée, il me semble que rien n'existe plus autour de moi, rien que la pression inouïe de souvenirs qui viennent se confondre de la façon la plus étrange avec ma préoccupation présente.

Ce que j'ai vu il y a trois mois m'a remis dans l'âme tout un monde ; je vis en quelque sorte avec toute une légion de spectres aimés ; ils me parlent comme ils me parlaient autrefois ; je leur réponds ; ils daignent sourire ; et je sens déjà la récompense d'avoir fait huit cents lieues pour aller saluer l'histoire de mon pays, car il me semble que je me suis retrouvé moi-même en retrouvant les symboles augustes du droit qui m'a fait homme et citoyen.

Allons, ma muse, prends ta lyre, élève-toi au-dessus des ruines croulantes que le vulgaire habite sans en redouter la chute ; traverse d'un rapide coup d'aile la région des banalités journalières, et viens te ravir un moment dans la contemplation des adorables exilés dont le départ marqua autrefois pour nous l'heure des premières larmes, de ces larmes qui commencèrent à couler pendant que ruisselait le sang des fidèles.

Muse virile, te souviens-tu?... Ils partirent les jeunes rejetons royaux, et toute chose autour de nous, comme autour d'eux, se voila de larmes et de tristesse.

Alors nous vîmes tomber le vieux chef de famille qui s'en allait de ce monde en se plaignant d'avoir trop vécu; puis ce fut le tour d'une jeune mère qui versait des larmes en demandant ce que deviendraient après elle les enfants agenouillés à son chevet. Nous eûmes ce douloureux honneur que les coups de cognée frappés au pied de l'arbre monarchique semblèrent porter pour nous la première atteinte à l'arbre saint de la famille. Nous pleurâmes pendant que pleuraient nos jeunes princes; notre cœur fut déchiré pendant que saignait leur blessure toute vive; et pendant qu'ils regardaient de toutes parts en s'écriant avec anxiété :

— Où donc est notre patrie?...

Nous répétions comme à l'unisson :

— Où donc sont les vieux parents, où donc est la jeune mère?...

Ces pieux souvenirs peuvent sommeiller pendant les tumultes de la jeunesse; l'âge mûr aime à les recueillir, et en interroge avec anxiété les mystères.

Mais quoi!... Revoir enfin, à plus de trente ans de distance, les princes dont le souvenir se rattache à des émotions si poignantes, muse, il semble que ce soit un signe. A mesure qu'on approche d'eux, il semble qu'on va entrevoir dans l'auréole qui les enveloppe un peu de ce qu'on a perdu ; et qu'en leur rendant quelque chose de la patrie absente, nous allons retrouver en eux quelque trace pieuse de nos chers absents.

Muse virile, muse expériente, et mûre aux choses sérieuses, rejette au front des railleurs le sarcasme qu'ils ont ramassé à l'arrière du tonneau de Diogène. Laisse tomber au pied des montagnes le poids qui a incliné tes épaules ; lave tes mains chaudes encore de notre long pugilat avec la malice et l'erreur ; relevons-nous le front caressé par une plus saine atmosphère, les yeux riants, le cœur ému, la face inondée de soleil ; oublions le froid rhéteur qui nous a poussés tous les deux à travers les glaciers pour nous y geler le cerveau à la piste de ses théorèmes ; repoussons brutalement les débris du ballon crevé que se sont repassés tour à tour les féroces de quatre-vingt-treize ou les simples de quarante-huit. Et nous qui avons la prétention de nous adresser à des hommes, non à des nombres, nous qui aimons les substances riches et non les puériles formules, osons interroger avidement la vérité, la force, la toute-puissance, la vitalité d'un grand principe, dans la personne de ceux que Dieu lui-même a pris la peine de créer et de mettre au monde, pour être la vivante image de l'institution qu'il a révélée, de cette institution toute française qui fut, pendant tant de siècles, l'incarnation vivante du bon droit et de la justice.

La justice! quoi de plus saint que la justice? quoi de plus grand que le bon droit? quoi de plus beau que cette haute réparation des injures qui met une sorte d'auréole au front des vaillants qui la poursuivent? Que vaudrait donc la vie, ce météore qui monte d'un berceau et s'en va décrivant sa courbe rapide vers la tombe, si la vie n'était marquée au moins par une heure de généreux enthousiasme, consolée par la mâle fierté d'un grand devoir accompli? De quel aliment grossier est-ce donc que l'homme se nourrit? En quel mépris est-ce qu'il tient son origine? que vaut-il ce squelette à demi-vêtu qui se traîne un moment de l'aube au crépuscule, cette poussière si vite retournée en poussière, si dans les infirmités de sa chair il ne prend souci d'affirmer son âme par un acte de foi et d'amour?

Et à quel signe oseras-tu dire que tu es une âme, si tu n'as confessé la justice et fourni la preuve certaine que tu sais poursuivre avec une patiente énergie la réparation des injures?

Je sais trop, hélas! que dans l'homme il y a deux hommes, l'homme pieux et l'homme impie, celui qui crée et celui qui tue; mais où sera l'empire de Dieu sur Satan, du bien sur le mal, de l'homme sur la bête, si nous manquons à faire triompher la justice, à épurer l'humanité toute entière par la haute réparation de ses crimes et de ses erreurs?

Il semble donc à mon âme ingénue que le plus émouvant spectacle qui se puisse offrir ici-bas, c'est celui des grandes injures qui demandent lumière, appel, examen, réparation; surtout quand cette réparation éclatante est plus encore au profit de ceux qui la doivent qu'au profit de celui qui l'attend.

Que peut-on voir de plus lamentable ici-bas que la beauté offensée par la laideur, le génie par la sottise, la vertu par le vice, le talent par la médiocrité grossière? — Rien, allez-vous me répondre. — Hé si fait, oserai-je vous dire... Car beauté, génie et vertu perdent leur empire et conséquemment leur prestige dans l'offense générale qui, en frappant le principe lui-même du droit découronne, amoindrit, abaisse quiconque, en permettant l'injure adressée au droit, s'interdit de l'invoquer.

Or, trouver dans les mystères d'un bouge quelque belle et honnête personne offensée par des mégères; rencontrer dans une cité qui se fait peu à peu asiatique un homme de talent outragé par des drôles ou méconnu par des sots; tendre la main au condamné dont l'innocence est devenue évidente; envoyer aux Madelonnettes un laboureur qui sème l'ivraie au lieu de semer le bon grain, c'est là, sans doute, œuvre consolante pour une âme ardente à bien faire; mais rencontrer quelque part, à l'un ou à l'autre bout de la terre, au seuil des palais, ou au penchant des montagnes, une de ces personnalités de premier ordre qui sont le vivant symbole d'un droit que dix siècles ont reconnu, d'un droit qui fut la vie morale d'une grande nation toute entière, d'un droit dont l'autorité se réclame de vingt générations d'ancêtres; d'un droit que tant de millions d'hommes ont sucé au sein de leurs mères, que tant d'héroïques phalanges ont arrosé de leur sang; d'un droit qui engage encore et à jamais ceux qui sont nés sous son égide... Oh! en vérité, il me semble que c'est là le plus noble objet de foi et d'enthousiasme qui se puisse souhaiter pour une âme saine et libre. Et, au demeurant, venir saluer celui qui est le droit dans toute une impérissable histoire, celui qui conséquemment est le symbole de tous les offensés, de tous les méconnus, de tous les innocents qui attendent, de toutes les vertus qui offrent à Dieu leur résignation avant d'invoquer sa justice... Je dis que c'est rendre hommage au principe lui-même du bien et du juste, car celui qui porte en sa personne vénérée le signe de ce droit, dont mes parents m'ont ORDONNÉ le respect aveugle, celui-là n'est plus seulement un homme, une beauté niée, un génie outragé, une vertu méconnue, une personnalité qui se réclame du droit, mais bien le principe lui-même de toutes les instances légitimes... Qu'on le sache, en France et ailleurs !

Je vous demande certainement pardon, monsieur et bien cher ami, de vous avoir exposé de la sorte aux impolitesses de ma muse et au dard de ma logique, mais que voulez-vous? j'ai à vous faire comprendre l'émotion pure et souveraine que j'ai ressentie en me trouvant à Lucerne vis-à-vis du représentant légitime d'une institution qui fut en France essentielle et constitutive; et principalement peut-être en me trouvant pour la première fois face à face avec l'homme de l'Europe moderne qui porte avec le plus de calme, d'élévation et de majesté, la plus grande offense qui fût faite jamais peut-être à l'innocent et digne héritier de soixante rois créateurs; et il est bon que je vous rappelle ici qu'en apercevant pour la première fois la figure douce et ferme de ce personnage plus extraordinaire que vous ne pensez peut-être, je me suis dit dès l'abord : voilà celui en qui combattent tous les offensés, tous ceux qui maintiennent avec fermeté leur protestation patiente.

Si vous saviez... comme c'est un spectacle doux et suave que celui d'un prince honnête homme, entouré par de pieux serviteurs qui ont passé le temps de leur virilité à servir et à préparer son enfance, et qui honorent son âge mûr par la constante et fidèle majesté de leur vieillesse. Où trouvez-vous ces spectacles-là, je vous prie? Est-ce dans l'institution républicaine? Hélas, les républicains aussi suivent la république, mais c'est pour la dévorer après l'avoir trahie; c'est pour la vendre douze deniers après l'avoir embrassée. Voulez-vous des comparaisons? Oh! non, je vous les épargne, tant elles sont outrageantes à l'humanité dépravée; car d'un côté j'aurais à vous montrer de mauvais pauvres, des parvenus avides et lâches, couverts de croix et de chamarres, dormant gras et satisfaits sur le cadavre des républiques; de l'autre côté, je vous montrerais des riches simples et austères, abandonnant tout, biens, parents, dignités, patrie, pour suivre, à travers trente ans d'exil, un enfant dont l'avenir engage leur foi et leur honneur. Pour eux, la famille est comme un camp où ils viennent se reposer un moment; puis ils reprennent le bâton de voyage et les voilà repartis, un jour dans les montagnes de l'Écosse, le lendemain sur les lagunes de Venise, un autre jour au pied des âpres montagnes de la Hongrie; mais toujours semblables à eux-mêmes dans leur inaltérable amour. Pour eux, l'hiver n'a pas de frimas, l'été pas de feux, l'automne pas de fruits; les ans s'accumulent sans peser sur leurs épaules; on croit que leur front va se courber sous le quatrième quart de siècle qui pour eux commence; mais la foi leur tient le front haut; l'amour leur ravive sans cesse le cœur, et l'on dirait qu'une éternelle jeunesse rayonne autour de ces nobles hommes; car la fidélité est conservatrice, elle garde les fronts sereins et n'y assemble, au lieu d'orages, que les sourires de l'espérance.

Vous ne tenez pas, sans doute, à ce que j'afflige de leurs noms aristocratiques vos oreilles républicaines. L'Europe les connaît, l'histoire les attend, et leur place n'y sera pas moindre, n'en doutez pas, que celle des compagnons de saint Louis, de François Ier, de Henri IV ou de Condé. Leur légende aussi aura son mérite; on ne dira pas d'eux qu'ils sont morts pour défendre la monarchie, mais bien qu'ils ont vécu pour enseigner comme il convient de l'aimer, de la servir et de la faire respecter.

Ce sont eux qui entourent le jeune prince; ce sont eux qui lui disent le nom des amis qu'il reçoit pour la première fois. C'est à travers cette pure phalange que l'on passe pour arriver jusqu'à lui, et je ne sais rien de simple et de grand comme cette poignée d'hommes fidèles qui protestent depuis trente-deux ans contre un acte détestable de dépossession, accompli en violation éclatante de tout droit et de toute justice.

J'ai sans doute à vous demander pardon, maître et ami, de vous adresser une lettre qui semble presque avoir été dictée par une ivresse dithyrambique; mais ne vous y trompez pas... on en a vu bien d'autres à Lucerne! tous ceux de France qui étaient là semblaient déborder du besoin de rompre en visière avec les effacements systématiques, les platitudes du temps moderne... Cette France-là semblait avoir fait le vœu d'échapper à l'étreinte des reptiles qui se nomment le mépris et l'indifférence; ne vous étonnez donc pas de nous voir là tous, en face de nos fils de France, pressés du besoin de les connaître et j'ose dire de les aimer.

Et laissez-moi vous dire qu'en les saluant d'un premier regard au milieu de cette foule ardente, mon cœur aussi se porta vers vous; il me sembla que vous étiez là, que je vous tenais par la main et que je vous disais à voix basse :

—Les voilà, ce sont bien eux : Henri-Dieudonné de Bourbon, et son auguste sœur la duchesse de Parme ; regardez-les tous les deux, et osez dire qu'en les voyant paraître vous ne ressentez pas une de ces émotions douloureuses et saintes qu'inspirent à la fois la honte et le triste souvenir du forfait qui a frappé ces têtes innocentes.

Elle, c'est une jeune femme au fin sourire, au regard plein de grâce et d'attrait. Elle ressemble, je vous assure, à la France des époques meilleures, car il n'y a rien dans ses traits mobiles qui ne respire la bonté, la vaillance et la bonne humeur. Elle est simple dans son langage comme une tendre mère de famille, spirituelle comme une fille de France, aimable comme tous ceux de sa race. Pas d'amertume sur ce doux visage, pas de rancune, pas de colère ; et quand on la voit paraître, elle ressemble bien moins à un chef d'Etat qui demande vengeance qu'à une mère qui demande justice.

Quant à lui, monsieur et cher maître, j'ai besoin de vous attester par avance, sur ma foi d'homme sincère, que tout ce que j'ai à vous dire de cette étrange personnalité... je le pense ; ce que je ne prendrais pas la peine de vous dire si le sentiment que je professe était moins de conviction faite que de parti pris.

J'ai vu de près bien des hommes parmi ceux qui marquent dans le monde ; et toujours je me suis plu à épeler sur leur visage le signe de leur fortune et de leur gloire, essayant à deviner le mystère de leur avenir dans ce mouvement harmonique des traits dont ils ne peuvent se défendre. J'ai vu le visage altier des fougueux, le visage incisif des rusés, le visage blême des fatidiques; mais jamais encore je n'avais vu sur une face de prédestiné un pareil mélange de douceur dans la fermeté, de plénitude dans la force, d'élévation exempte d'arrogance. Arrêtons-nous, je vous en supplie, à contempler ce visage de prince, car ce n'est plus seulement la prédominance d'une qualité qu'il dénote, mais un ensemble de qualités. Ici tout est harmonie; pas un trait qui détonne sur un autre; et la beauté de ce visage est telle, qu'il semble que Dieu ait pris plaisir à y rassembler tous les signes essentiels qui sont à la fois la condamnation des vices du temps, et leur réparation tant et si ardemment souhaitée.

Que vois-je, dans le siècle, en effet?

La faiblesse, le trouble, le malaise; l'avidité qui se rue et le remords qui se lamente, une ivresse sans frein dans l'agir, une amertume sans nom dans le réagir.

Que vois-je, au contraire, dans le prince, dans ce Henri-Dieudonné de Bourbon qui marche à travers ce siècle comme s'il était de son destin de le relever et de l'épurer.

Je vois la force, le calme, la sérénité, la certitude de soi qui se réserve, la bonne conscience qui sourit à l'une et à l'autre fortune; le choix intelligent et honnête dans les actes, le sentiment ferme et ingénieux d'une prévision qui ne pèse jamais le fait à produire qu'au poids de sa conséquence et de sa moralité.

— Mais, allez-vous vous écrier, est-ce donc là un homme de son temps que Dieu envoie pour en être le salut, ou une figure des autres âges ramenée dans ce siècle pour en être le vivant reproche?

— Maître et ami, je vous arrête. On est un reproche à son temps, quand on a les vertus et les qualités d'un autre âge; mais quand au contraire on possède les vertus et les qualités toutes spéciales au progrès et à la guérison du temps qu'on traverse, il me semble qu'on n'est plus seulement une image vengeresse destinée à punir les hommes, mais une substance destinée à les sauver.

— C'est donc à dire, allez-vous ajouter encore, que, selon vous, ce prince, objet de votre admiration, ne ressemble et ne saurait ressembler aux monarques de son nom qui ont régné sur la France?...

— Eh non, vraiment, il ne ressemble à pas un, quoiqu'en somme il ressemble à tous.

Jamais visage n'a été plus Bourbon, jamais visage n'a été moins servile à la ressemblance de tel ou tel membre de la royale famille. Il y a certainement quelque chose de la finesse de Louis XVIII et de la bonté de Louis XVI dans l'ensemble de ce visage; il n'y a rien de ces deux rois dans le tour des traits eux-mêmes. Il y a bien aussi dans le front haut et proéminent, quelque chose qui rappelle la majesté de Charles X et de Louis XIV; dans le regard, beaucoup de l'éclat et de l'autorité du Béarnais : le nez est plutôt fin et droit que courbé d'une façon excessive ; le menton est ferme et carré, les joues larges, la physionomie d'une mobilité admirable, à ce point que sur ce beau et noble visage, on croit voir passer à tout moment toutes les hautes et précieuses qualités de la famille qui créa la France. On dirait que tous nos grands rois sont en lui; et, par un art véritablement délicieux de la nature, en même temps qu'il ressemble à tous ses grands aïeux, il ressemble aussi à son père, qui ne leur ressemblait pas. C'est la même bonhomie fine et brusque en même temps, cette heureuse révélation d'une âme forte, tendre et réservée qui s'épanouit dans le fils après s'être signalée dans le père. En un mot, pour tout dire, le prince héritier de nos rois ressemble au duc de Berry, comme le fruit plein de saveur à l'arbre qui l'a porté; comme le mieux ressemble au bien, comme Charlemagne devait ressembler à Pépin le Bref; là-bas étaient les qualités latentes, ici les qualités épanouies.

Mais j'irai plus loin, et si vous voulez absolument que je trouve une analogie sérieuse entre le dernier né de la maison Bourbon, et toute cette légion de grands personnages qui l'ont précédé dans l'histoire, je vous avouerai que pas plus dans le très-beau visage de ce prince que dans ce que j'ai cru comprendre de lui, je ne retrouve ni saint Louis, ni Louis XI, ni François Ier, ni Henri IV, ni Louis XIV, ni Louis XVI, ni Louis XVIII, tous monarques avec lesquels il n'a jamais eu et ne saurait jamais avoir la moindre analogie de situation.

Mais vous qui êtes un historien sérieux, cher monsieur, vous savez bien que, dans l'étude approfondie des maisons souveraines, il importe parfois de compter autant avec ceux qui sont morts avant le règne, qu'avec ceux qui ont vécu dans le règne. Eh bien ! savez-vous qui il m'a semblé revoir dans ces pauvres salons du Schweizer-Hof, au milieu des transports de tout ce tumultueux enthousiasme dont je vous parlerai bientôt... non pas Charles X, non pas Louis XVIII, non pas Louis XVI.... mais l'illustre Dauphin leur père, mais ce saint, ce fort, ce juste, ce fier et admirable prince qui était la négation des révolutions dans leur germe, comme son arrière-petit-fils en est la négation dans leur sénilités monstrueuses.

Le Dauphin, fils du roi Louis et de la reine Marie..... c'était une main ferme et réparatrice à l'arrière-plan d'un mauvais règne ; c'était Voltaire relégué dans les coulisses de la tragédie en décadence ou dans les antichambres germaniques de son bon ami le roi de Prusse ; c'était la Bohème des philosophes nettoyée et arrachée à la protection délétère des belles dames qui payaient d'un dîner ou d'une paire de bas leurs cyniques enseignements; c'était la France transfigurée, les abbés de cour mis au pain sec, les gentilshommes révolutionnaires renvoyés à leurs pigeonniers, la vraie religion servie, la vraie intelligence aimée, le vrai progrès vérifié et instauré par une main ferme, et la révolution peut-être travaillée assez tôt pour être dirigée en ses grands efforts, évitée en ses catastrophes.

Mais Dieu voulait châtier la France, et il retira le sage Dauphin du monde..... Quel signe serait-ce, s'il l'y renvoyait?

Ne tenez pas, je vous en prie, ces aperçus pour chimériques. L'histoire a ses implacables phases. L'œuvre générale s'interrompt parfois, mais elle ne se supprime guère; et il est souvent dans le destin des arrière-petits-fils de reprendre l'œuvre échappée à la main des pères.

LETTRE CINQUIÈME

Vaurais, ce 8 octobre 1862.

Signes divins et signes sataniques. — Envoyé et prédestiné. — Rêve des institutions. — L'homme seul est réalité. — Voilà un homme et une époque. — Connaissez-le et regardez-le. — La conspiration du silence. — État des esprits à Lucerne. — Les réunions littéraires. — La muse et son champ d'asile. — Ce que veulent les impatients. — Leurs colères. — Espérer sans triompher. — Les chercheurs *d'initiative*. — Battez-moi, mais écoutez-moi.

Ne pas sentir la présence de Dieu ici-bas, je ne saurais me borner à dire que c'est un malheur; il me semble plutôt que c'est une infirmité. Le malheur, en effet, se relève parfois dans son excès même; le malheur, on l'enseigne en lui tendant une main amie... L'infirmité au contraire, il n'y a guère, hélas! qu'à s'en détourner avec tristesse. Comme le talent, comme la vertu, l'intelligence a ses degrés; l'intelligence a ses voyants, elle a aussi ses aveugles : aveugles de la pire espèce, car ils ne connaissent point leur mal; ils s'entêtent à nier avec audace tout ce qui dépasse les bornes étroites de leur horizon; et c'est au nom de la lumière que ces semeurs d'obscurité forcent en quelque sorte la lumière à se voiler et à pâlir.

Toutefois, à côté de ces libres amants des ténèbres, il y a des voyants mieux doués, des appréciateurs plus sains dont l'œuvre paraît être de distinguer au front des hommes le signe divin du signe satanique. Il est hors de doute, en effet, qu'ici-bas il y a en quelque sorte sur chaque degré de l'échelle humaine la silhouette du bon ange et la silhouette du mauvais ange. A des signes presque certains, il est donc possible d'indiquer que telle personnalité appartient à l'œuvre de lumière, telle autre à l'œuvre de ténèbres.

Or, je défie un homme sain, un esprit actif et mûr, une âme épanouie aux lumières de la foi, de s'arrêter trois quarts d'heure en face du légitime héritier des rois de France, sans qu'une voix impérieuse vienne tout aussitôt lui crier :

— Voilà un agent de l'œuvre divine; voilà un ennemi-né des œuvres sataniques; voilà un ENVOYÉ, voilà un PRÉDESTINÉ.

Quelque rapidement qu'il m'ait été permis de suivre, sur cet auguste visage, l'alphabet des étonnantes qualités qu'il révèle, je les ai lues, depuis l'alpha jusqu'à l'oméga; et je ne sais rien de plus providentiel que cet ensemble de puissances morales que Dieu lui-même paraît avoir pris le soin de fixer sur ces traits qui portent encore plus d'enseignements sévères que de qualités attrayantes.

Et si vous consentez un moment à étudier l'époque présente dans ses mystères les plus vrais, vous en viendrez bientôt à vous dire que si notre siècle s'attache avec une fièvre si impuissante au rêve des INSTITUTIONS, cela vient de ce que les INSTITUTIONS ne valent en lui que selon la valeur de l'homme qui s'en fait le promoteur. Notre siècle a pulvérisé ses anciennes lois, et il se lasse à en chercher d'autres; mais à qui les demande-t-il?... à l'homme que lui désigne un parti, ou que lui impose la Providence. Chacune de nos périodes révolutionnaires appartient donc spécialement à UN HOMME. De nos jours donc L'HOMME seul s'empare des hommes; tout se résume en UN HOMME; et vous autres, vous le savez bien, qui déjà tant de fois, depuis l'aurore de ce siècle, vous êtes séparés violemment des femmes, des enfants et des régences.

Or j'atteste qu'en voyant paraître S. A. R. Mgr le comte de Chambord, on ne peut s'empêcher de dire :

— Voilà UN HOMME.

Et j'ajoute qu'en étudiant l'ensemble des forces morales et intellectuelles qui rayonnent autour du front de ce juste, on ne peut s'empêcher de dire avec l'élan d'une prescience fatidique :

— Voilà aussi UNE ÉPOQUE.

Ce n'est pas la première fois que j'aborde avec

vous cet ordre d'idées, vous le savez bien ; et vous vous rappelez certainement telle et telle circonstance où, tout ébranlé par les ardeurs pressantes de ma conviction, vous disiez :

— Mais on ne le connaît pas ce prince que vous idéalisez à la façon des héros de vos rêveries. Voilà trente-deux ans qu'il est hors de France ; il semble ne rien attendre d'elle, et si elle avait besoin de lui, ce serait vainement que...

— Ah! vraiment, on ne le connaît pas, disiez-vous, eh ! s'il vous plaît, à qui la faute? on ne le connaît pas!... joli petit argument d'aveugles, qui, de leur infirmité, font une insulte à la lumière. On ne le connaît pas... eh bien, on a tort ; et quand on le connaîtra mieux on rougira, je vous en avise, de ne pas l'avoir assez tôt connu. Ah ! on ne le connaît pas... Bel avantage, monsieur, avantage précieux pour lui... Il en est tant que l'on connaît trop. Parlons donc de lui, s'il vous plaît, parlons-en deux fois, parlons-en sans cesse, puisque les partis lui font cet honneur suprême de le craindre, et d'organiser contre sa personne cette conspiration du silence qui est le dernier argument des sots et le signe de leur confusion.

Ah ! ah ! prononcer son nom est un crime que demande à punir la rage folle et aveugle des partis contraires... Eh bien, commettons-le donc ce crime, commettons-le amplement, et osons savourer à l'avance le plaisir vraiment ineffable de remuer les cendres brûlantes que la grande armée des poltrons a cru éteindre. Il y a des lois contre la diffamation et l'injure en France ; je ne sache pas qu'il y en ait contre le respect et l'affection ; je ne suppose pas même qu'il puisse m'être interdit de louer un prince, objet des sympathies du monde entier, quand, à toutes les heures du jour, l'injure, la haine, la rage ruissellent à pleins bords de vingt pamphlets quotidiens contre Dieu même et son vicaire.

Je prononcerai donc, du haut de mon droit et sous la protection de la justice, le nom de Mgr le comte de Chambord; je dirai de lui ce que je sais; mais auparavant permettez-moi d'aller me prélasser une heure à travers toute cette ardente foule qui se presse entre les murs de la ville républicaine; car, au demeurant, vous m'envoyez en pleine république pour y étudier les institutions; et je ne saurais faire un pas sans marcher à travers les splendeurs de la monarchie; vous m'envoyez à l'étranger... et voilà que je me trouve en pleine France, au milieu de cette France forte et fière, ardente et tumultueuse, volontaire et obéissante, enthousiaste et féconde, pieuse à la fois et téméraire.... cette vraie France des hautes époques, qui finit toujours par remonter à la surface de ses décadences; cette France amoureuse du grand et du beau, toujours prête aux entraînements du bien, comme elle l'est trop souvent, hélas, aux entraînements de l'erreur; la France libre, en un mot, la France qui fait des faux pas, mais qui reprend sa fière allure pour proclamer sa volonté et l'imposer sans vergogne.... quand il lui prend fantaisie, comme disait le vaincu de 1814, de VOULOIR D'AUTRES DESTINÉES.

Combien étaient-ils donc à Lucerne ces pèlerins de la fidélité, ces Français qui ont encore une âme ayant une foi et un amour? Dix mille, se sont écrié les uns; plus ou moins, ont répondu les autres... Que nous importe le nombre? ce n'est pas ici du chiffre de l'assemblée qu'il s'agit de faire montre, mais bien de son caractère, mais bien de sa qualité.

En effet, et le mot que je vais employer est le mot propre, le mot juste, le mot précis, il n'y avait là que des âmes D'ÉLITE, engagées seulement par l'autorité saine et fière d'une conviction dont le lit n'est pas toujours lit de roses.

Qu'attendaient-ils en effet, de leur visite à Lucerne, tous ces hommes capables de courage et capables d'affection? ni titres, ni faveurs, ni places, ce me semble?... Or, s'ils ne cherchaient rien qui fût de l'intérêt particulier, ils n'avaient donc en vue qu'une de ces satisfactions élevées et pures que les âmes D'ÉLITE savent seules souhaiter et savourer.

Et par grâce ne me reprochez pas de paraître m'incliner ici devant l'autorité d'une caste au détriment de telle autre. A Lucerne il n'y avait point de caste, mais des citoyens, mais des frères, mais des hommes qui se sentaient égaux par la hauteur de leur foi commune sinon par l'autorité de leurs vertus ou l'éclat de leurs services. J'y ai vu des ducs et des comtes. Mais j'y ai vu aussi des bourgeois, des ouvriers, des paysans, des prêtres, des artistes, des publicistes, de belles jeunes filles qui ont appris en souriant à leurs mères à bégayer un nom vénéré ; puis aussi de rudes femmes du peuple qui se sont fait une opinion politique en apprenant à prier Dieu et à honorer leurs parents ; mais partout, je le répète, j'ai pu constater le choix, la qualité qui s'affirment par la présence d'un cœur fort pour aimer, d'un esprit assez libre de lui-même pour avoir trouvé le besoin de croire et de respecter sous la pesanteur virile d'une indignation trop contenue.

Je me suis donc mêlé avec bonheur à toute cette France admirable et endiablée ; j'ai couru après elle pour lui demander une part de sa magnifique ivresse; et me voilà déjà au milieu de trois ou quatre cents visages épanouis qui, en bons Français de tous les temps, s'amusent aux actes de bel esprit avant l'acte de haute raison.

Car, vous aussi, chaud ami de la gloire française, ne croyez pas un traître mot de l'antienne insolente des *médiocrates* de ces jours néfastes, qui vous représentent le pays de Corneille et de Bossuet comme épuisé d'esprit, de verve, de génie, et traînant ses rhumatismes poétiques dans la béotie de nos théâtres officiels. Croyez-le, la poésie française est toujours la même ;

on ne s'en doute guère à Paris, en cette Ninive de Lilliput qui déjà, semblable en ce point à la Rome du Bas-Empire, outrage les hommes de talent et adore les danseurs de corde. A Lucerne cependant, bien qu'il n'y eût pas de claqueurs au parterre, on avait besoin d'applaudir.... parce que les mains étaient libres et les cœurs bien disposés.

A Lucerne, il semblait que la muse française eût trouvé son champ d'asile, car elle se voyait sous l'ombrage qui vivifia autrefois les Corneille, les Racine, les Molière, les Boileau, et de nos jours les Chateaubriand, les Hugo, les Lamartine.

Et ne trouvez-vous pas quelque chose d'étrange, d'imprévu, presque de bizarre à voir ainsi une foule énorme venue de tous les coins de la France, et ne pouvant faire trente pas à travers les rues d'une pauvre ville, sans s'arrêter à tous les carrefours pour y demander à quelque muse libre et hardie des vers, des chants, des paroles chaudes et entraînantes! Ici, c'est un membre de l'Académie française qui lit des épîtres; ailleurs, c'est un orateur qui pérore; mais partout c'est la liberté qui se montre, et avec la liberté le talent, la verve, l'entrain, la bonne humeur. Quoi donc!... des poëtes pour dire des vers, et un public ardent pour les applaudir... en vérité, c'est à n'y pas croire; et cette ville de Lucerne là, ce n'était plus un canton républicain, mais un coin doré de l'Attique, où se réveillait le talent, l'éclat, la vie, et cette brillante communion des muses ingénieuses qui s'étonnent d'avoir brisé la pierre de leur sépulcre, envoyé leur suaire aux quatre vents et secoué la poussière de leurs sandales !

Et des applaudissements enthousiastes de saluer ces barbares et ces trouvères heureux de fournir à l'étranger la preuve qu'il y a encore en France une littérature ; et que c'est une grande honte à certains de laisser dire impunément que l'esprit français est en décadence.... tandis que c'est à leurs dépens que se produit la preuve contraire.

Et, à Dieu ne plaise que j'incrimine ici l'intention des hommes, des acteurs de la chose publique, tant il me serait pénible de croire qu'on fait le mal pour le plaisir de le faire, qu'on laisse outrager la France pour la joie d'en savourer la honte, et la satisfaction de faire aux infiniment petits un piédestal de ruines. Mais en cette pauvre France qui est, de l'univers visible, le pays le plus docile et le plus moutonnier, le bien et le beau restent à l'arrière, dès que le laid et le mauvais peuvent se croire appelés et encouragés à glisser sur une facile pente. La France a de grands défauts ; elle a quelque part en elle le sentiment de la jalousie, de l'acrimonie, du dénigrement ; et vite... une période néfaste arrive, où les défauts grands et petits deviennent des vices énormes, des signes de décadence et de mort, parce que les défauts ne trouvent plus une répression efficace et les qualités un soutien. Alors la qualité se retire dédaigneuse; le défaut s'élance ivre de joie... qu'en résulte-t-il? partout la colère, partout l'impuissance, et le discrédit pour la patrie.

A Lucerne, on cherchait le bien, on cherchait le beau, à côté d'une présence auguste qui en était le symbole; on se protégeait mutuellement; et le talent libre et tranquille éclatait de toutes parts.

Mais je pus bientôt m'apercevoir que tous ces voyageurs fidèles n'étaient pas venus là seulement pour écouter des vers ou tenter l'escalade du mont Pilate. Çà et là je pouvais entendre des cris sourds, des plaintes, presque des récriminations. Les murmures se levaient par troupes, comme les foulques noires sur les rives du lac; les groupes se formaient peu à peu; je m'y mêlai; j'y fus accueilli; et comme les plus ardents m'avaient appris l'objet de leurs impatiences, je leur dis en souriant :

— Vous n'obtiendrez pas cela.

— Pourquoi? me fut-il répondu.

— Parce que vous ignorez à quelle sorte d'homme vous avez affaire; parce que vous ne comprenez pas de quel granit est faite cette intelligence aussi implacable dans la résolution du bien, que dans la sainte indignation que le mal inspire; parce que celui-là du moins est un cœur fort et ingénu qui n'entend pas plus faire de condamnables concessions à la fébrile activité de ses amis qu'à la féline caresse de ses ennemis. Vous n'obtiendrez pas ce que vous voulez réclamer, parce que ce prince, enseigné par trente-deux ans d'exil, n'est ni un timide que l'on entraîne, ni un irrésolu que l'on foule aux pieds dans la fondrière même de ses irrésolutions. Si vous jugez sa situation d'après la vôtre, vous vous trompez ; et, avec un peu plus de persévérance dans la réflexion.... un peu plus de hauteur dans les vues, un peu plus de foi austère à la vitalité des choses pures.... vous serez bientôt convaincus que toute sa force étant dans la réserve inflexible de son droit, il sortirait plutôt de son droit que d'en confier le litige aux infiniment petites luttes qui, par une agitation stérile, n'arrivent qu'à entamer l'honneur, à lasser la bonne volonté, à semer l'arène politique de défaites sans grandeur, ou de petits-petits succès qui ne sont importants que pour le simple qui s'en décore. C'est un congé que vous allez lui demander; moi je dis que c'est une école buissonnière que vous méditez sans y prendre garde. Que cherchez-vous? que demandez-vous? sur quel terrain voulez-vous marcher? vous êtes des hommes de prudence et de loyauté n'est-ce pas?... or!...

— Et je vous prie instamment de croire que je n'étais pas là le seul de mon opinion; les uns demandaient ceci, les autres cela; tous dévoués à la même pensée, nous ne différions que dans la manière de la mettre en œuvre; mais au moment que je signale, je me débattais au milieu de l'opinion contraire à la mienne, et je crus un moment que ma pauvre tête résistante n'était rien moins que condamnée à aller exhaler sa plainte sur chaque flot du lac irrité ; il me semble bien que je fus positivement hué; j'appelai plus d'un homme de bonne volonté à mon aide ; et je poursuivis ma croisade. Le premier moment fut rude ; mais ayant le bonheur de ne pas m'étonner du bruit; certain que le plus précieux avantage d'ici-bas, c'est de ramer contre le vent et de braver le flot qui mugit, j'attendis en paix que la tempête fût déchaînée.

Et quelle tempête !... bourrasque ardente et presque folle de Français qui veulent marcher et agir; de soldats alléchés par l'odeur de la poudre; de citoyens qui rongent leur frein; d'honnêtes gens élevés à la pratique des révolutions, et qui ne trouvent rien de mieux que de les attiser sous prétexte de les éteindre.

— Ah ! ah ! s'écriaient-ils avec feu, c'est ainsi que, depuis trente ans, on perd à plaisir notre cause. Où est chez nous l'initiative? où est l'action sûre quoique lente ? où est la direction qui met les forces en œuvre ? Tout nous fait défaut à la fois. Quand nous parlons de tirer le glaive, on nous fait observer avec une froideur glaçante que ce n'est pas le glaive qui est destiné à trancher le nœud gordien des temps modernes. Quand nous voulons voter, briguer les charges que le peuple donne, nous mêler au mouvement des partis, on objecte que nous portons atteinte à la pure austérité du droit. Quelle pratique est-il donc opportun d'admettre ? Que veut-on que nous fussions? Où veut-on que se prennent notre foi, notre dévouement, notre énergie?... Pouvons-nous entretenir le feu sacré par la vision maladive d'un triomphe qui recule sans cesse à l'horizon de l'espérance ?... Mais, par grâce et par pitié, qu'on ne nous laisse pas, au moins, nous endormir dans la neige de l'inaction!... Autour de nous les partis vivent, marchent et luttent, meurent ou triomphent... Nous seuls, hélas! nous ne sommes pas même admis à l'honneur de mourir; mais nous espérons toujours et nous ne triomphons jamais.

— O mon Dieu, me disais-je, en écoutant ces plaintes pathétiques et amères, comme il faut que le prince dont la conduite les motive soit doué d'une âme intrépide et haute, d'une foi sévère et constante pour ne pas avoir vingt fois hasardé sa vie au gré de ces enthousiasmes si éclatants, de ces impatiences si légitimes!

Puis je me répondais à moi-même :

— Sa vie!... Ce n'est pas là ce qui l'inquiète, sa vie!... Celui dont le grand-oncle est monté sur l'échafaud du 21 janvier en pardonnant à ses bourreaux; celui dont le père est tombé sous le poignard d'un meurtrier vendu aux partis; celui dont la mère est sortie à demi brûlée de la fournaise que lui disputait la trahison; celui dont tous les grands aïeux ont versé leur sang sur tous les champs de la gloire française... celui-là ne tient à la vie qu'en songeant à la donner; mais il ne craint pas de la perdre, car il sait bien que cette vie n'appartient qu'à Dieu et à la France : pour servir l'un, pour aimer l'autre. Pour lui donc, la vie n'est rien, le devoir est tout, mais le devoir compris à la façon d'un prince qui est le chef d'une cause sainte, non de ceux qui en sont les soldats.

Alors nous nous avançâmes, presque en un rang de bataille, tous animés d'une commune conviction, au milieu de nos chers contradicteurs, les uns qui étaient des hommes de 1830, aujourd'hui presque des vieillards ; les autres qui, tout jeunes encore, n'imaginent pas que rien puisse résister à l'impétuosité de leur foi ; nous nous prêtâmes un moment, à toutes les affectueuses invectives qu'inspiraient à ceux-ci leur amertume septuagénaire, à ces autres leur ardeur prompte et juvénile, et nous leur dîmes à la façon de l'Athénien de l'ancien âge :

— Battez-nous, mais écoutez-nous... tant nous tenons à vous démontrer une bonne fois que ce reproche si souvent reproduit de *manque d'initiative* est, de la part du temps moderne, tout simplement la preuve la plus éclatante qui fut jamais de l'indigence de ses jugements et de la fausseté de ses appréciations. Nous affirmons que l'intelligent héritier de la couronne des rois de France est aujourd'hui comme toujours dans la plénitude de l'initiative du rôle que Dieu lui a marqué dans ce monde. Nous disons qu'il est dans le plan régulier de son action et que....

— Pourquoi n'est-il pas rentré en France en

1848!... s'écria une voix haute et rude : La République n'était prise au sérieux par personne; et s'il eût montré son drapeau sur la Loire ou sur l'Aveyron...

— Alors, comme aux bons jours de 1851, quelques amis affectueux me poussèrent en avant; Je me recueillis de mon mieux, fort d'une conviction depuis bien longtemps faite et proclamée; et, négligeant même de rappeler les horions déjà conquis au service de cette grande idée de réserve haute et d'abstention féconde, je m'apprêtai à répondre.

LLTTRE SIXIÈME

Vaurais, ce 1er novembre 1862.

Absence de sténographie. — Le droit et la situation. — Prévoir et se réserver. — En politique tout le monde arrive. — Savoir souffrir vaut mieux que savoir mourir. — En France il serait votre roi, hors de France il est votre histoire. — Le maître dur cherche à vaincre, le tendre père à convaincre. — Les larmes du prince et le sang du peuple. — Il y a quinze ans l'Europe était folle. — Le 8 juin 1862 ouvre une ère nouvelle. — Gare la Révolution ! — L'initiative de la Providence.

Jamais sans doute — je vous en dois le sincère aveu — je ne me trouvai à pareille fête; jamais je ne sentis plus cruellement mon impuissance oratoire en face d'une des questions les plus profondément intéressantes que puissent débattre des hommes animés d'une intention commune, et qui se trouvent si divisés dans la façon de produire leur appréciation loyale.

Mais à Lucerne il n'y avait pas de sténographes; bénissez-en votre heureuse étoile; vous y perdez les hachures, les embarras, les soubresauts, les demi-teintes, ou les teintes trop dures de mon improvisation effervescente ; et je n'ai plus à vous sommer amicalement que d'en effleurer la substance.

Supposez donc que j'ai parlé cinq longues heures — sans cracher — comme Démosthènes, et que je termine par cet à peu près de langage en forme de péroraison :

— J'ose — vous tous qui êtes mes maîtres ou mes amis — vous présenter cet argument suprême... que vous ne devez pas confondre un moment le prince esclave du droit qui l'a créé, de la situation que Dieu lui a préparée, avec les divers prétendants qui se disputent depuis un demi-siècle les faveurs d'une révolution dont il est, lui, au contraire la négation absolue. Un prétendant porte en lui et avec lui l'œuvre nécessaire du droit dont il se réclame, de la situation qu'il a ou acceptée ou subie. Le droit et la situation... tout est là, pour le prétendant homme d'aventures qui cherche une issue à sa fortune, comme aussi pour le prince honnête homme et homme d'esprit qui se croit destiné à régner. Son droit est le sien, non celui d'un autre. Il ne s'agit plus que de maintenir le droit avec une inflexible fermeté, de COMPRENDRE la situation avec une perspicacité transcendante, une hauteur d'appréciation que rien n'étonne, un sentiment de prévision que rien ne vienne démentir.

Quiconque se connaît et s'affirme en aspiration de règne, songe évidemment à gouverner. Or, ce mot suprême, si étrangement méconnu de notre temps, s'explique par ces deux mots uniques : Prévoir et se réserver.

Et si vous ne prévoyez pas, c'est-à-dire si vous NE VOYEZ PAS EN AVANT, si vous n'êtes édifié sur la génèse des événements qui se reproduisent les uns par les autres ; si vous n'avez en vous, pure et entière, la science profonde du lendemain, vous êtes inapte à gouverner, c'est-à-dire à renouer d'une main ferme et sûre la chaîne des temps interrompus.

Croyez-le donc, en vraie politique, en politique d'ordre et de force, ce n'est pas d'arriver qu'il s'agit. En politique tout le monde arrive. Un pourceau se mettrait de la partie qu'à une heure quelconque il enfoncerait d'un coup de boutoir la porte par où passent les victorieux. Tout le monde arrive, vous dis-je.... hier, un soldat, demain un scribe, cet autre jour, un pharisien. Ils ne manquent pas d'initiative ceux-là.... mais assurez-vous donc que l'initiative qui les amène est aussi l'initiative qui les emporte; ils s'en vont comme ils sont venus, et par cela seul qu'ils sont venus. C'est le commencement qui donne la juste mesure de la fin; et la fausse initiative, l'initiative d'apparence ne manque jamais d'être attendue et menacée par l'initiative contradictoire. Le vrai politique n'a pas la puérile prétention de déranger à son profit le cours souverain des choses : il se borne à poser sa barque sur le point des lagunes qu'il lui a semblé juste de choisir, et IL ATTEND, il attend — comprenez-vous ?... — que la marée vienne ou ne vienne pas l'y prendre.

Mais attendre, c'est patienter; patienter, c'est souffrir —*pati* — et d'ordinaire les Français, si prompts à mourir, le sont moins à patienter.

C'est donc précisément parce que la gêne de la patience doit être infligée aux quatre-vingts ans d'erreurs qui ont irrité à la fois, et affaibli votre caractère, que le Dieu qui toujours vous aime, a mis avec vous et en vous, à côté de vous et hors de vous, un prince dont la vie et l'intelligence demeurent votre haute leçon.

Quoi donc !... parce que vous n'avez pas accompli depuis les trois quarts d'un siècle, un acte politique, qui ne constitue en bonne et haute raison une parfaite extravagance; parce que vous avez tant de fois oscillé de girondins en jacobins, de jacobins en dictature, et de dictature en invasion; parce que vous ne sauriez faire un pas sans montrer au monde les contusions gagnées au jeu des *initiatives* étourdies, vous vous croyez en droit de réclamer d'un prince sage et réservé, les aventures dont le succès vous transporte sans vous enseigner ?... Mais non, mais non, mille fois non !... De l'initiative ?...

Et dans quel but, s'il vous plaît ?... Dans le but

d'ajouter un chapitre de plus au roman de vos révolutions?... une petite constitution, *ne dicam*, une Charte octroyée, à la litanie de vos fredaines !.....

Mes braves, mes bons, mes admirables, quoique trop impétueux compatriotes, je vous en demande pardon, mais ces billevesées d'une autre époque ne supportent plus l'examen. Contre le monstre révolutionnaire que tant de pratiques ont créé et mis au monde, rien ne saurait être désormais efficace que la haute ingénuité du vrai droit, et la pratique large et hardie de la vraie autorité. Si le prince que vous êtes venus saluer à Lucerne, n'a pas eu et ne veut pas avoir l'initiative que vous paraissez lui souhaiter, c'est que la pureté de son âme a fait la lucidité parfaite de sa raison; c'est qu'ayant senti et prévu, c'est-à-dire VU EN AVANT, la grandeur du rôle éventuel que Dieu peut lui réserver en ce monde, il n'entend pas se jouer et vous jouer vous-mêmes au jeu des initiatives extravagantes ou criminelles.

Voudriez-vous pas, par hasard, qu'il fût venu poser sa candidature au conseil général des Bouches-du-Rhône ou de Maine-et-Loire?... voudriez-vous pas qu'il eût demandé la consécration de son droit aux boutades et aux complaisances de l'opinion, qui a qualité pour la recherche du mieux dans les actes, mais non pour la négation des principes dans leur essence?... Allons donc!... Le descendant d'Henri IV et de Louis XIV n'est pas plus homme à jouer son droit qu'à le vendre. En France, il serait votre roi; ce sont les ministres de l'ordre établi qui le disent du haut des tribunes publiques; hors de France, il est votre histoire; et si jamais votre histoire devait rentrer en France, il faudrait qu'elle y rentrât le front haut et le visage découvert.

Vouliez-vous pas enfin le voir se ruer en aveugle sur telle ou telle côte française, y tirer l'épée... y triompher ou y mourir?... Je vous en demande pardon; mais, quelle que soit parfois ma brusque et passionnée adhésion pour les solutions préparées à l'éclair du glaive, je ne saurais, sur ce point, partager, en quoique ce soit, votre avis. Nous sommes des gens de notre temps, non d'un autre : nous vivons à une époque où les esprits surexcités, n'admettent pas qu'on gouverne sans eux; et où, tôt ou tard, ils se vengent des offenses qu'on leur adresse, ou du mépris que l'on fait d'eux. Qui dit droit invoqué, dit doctrine présentée, foi enseignée. Nous ne vivons plus au temps où le Béarnais se débattait, l'épée à la main, entre la vérité dont il était le champion, et l'hérésie dont il était l'apôtre. On se bat, messieurs, quand on a quelque chose à se faire pardonner ou à noyer dans le sang. On se bat en un mot, quand on est un maître dur qui veut vaincre et non un père tendre qui veut convaincre. Verser le sang pour la justice, est moins beau que souffrir pour elle. Le prince dont il est question n'a pas à entendre la messe à Saint-Denis pour que le droit qu'il invoque soit divin... Il est parfaitement légitime; il est parfaitement catholique... pourquoi voulez-vous donc qu'il tire l'épée?... Pour vous vaincre!... mais pas du tout; car il pense que c'est une mission dont vous devez vous charger vous-mêmes. Il vous a dit plus d'une fois que vous ne trouveriez de salut que dans le droit dont il est le symbole, mais il ne s'irrite pas des efforts que vous faites pour être heureux sans lui; il souhaite que vous réussissiez; il n'a pas même la prétention de contrecarrer vos tentatives, car il entend que vous-mêmes en jugiez le triste effet dans la plénitude de vos lumières.

Non, il n'a pas tiré l'épée contre vous, et il a bien fait; et c'est de la part de cette âme vaillante, de ce cœur tout militaire, une preuve souveraine que Dieu accueille son sacrifice et lui en réserve le prix..... Car dans les situations semblables à celles de ce prince, situation qui ne ressemble à nulle autre, on ne tire le glaive qu'à l'heure suprême où la patrie est en péril d'honneur ou de mort.

Il n'aura pas, dites-vous, dans l'histoire, le nom d'Henri IV... Eh! grand Dieu!... quelle gloire pourrait donc lui être opposée, si les siècles devaient dire de lui :

— Il ne s'est affirmé que par sa patience digne, simple et austère : il n'a combattu pour son droit qu'en en invoquant la plénitude : il n'a imposé sa loi qu'en en faisant comprendre l'intelligence.

Ses propres larmes offertes à Dieu lui ont paru plus salutaires que le sang du peuple répandu sur le seuil d'un triomphe prématuré; et dans cette âme toute pétrie de force résistante, de réserve habile et de fierté légitime, tout se traduisit par ces mots : — Faire son devoir..... et à la grâce de Dieu le reste!

— Mais, allez-vous vous écrier encore : Ne se devait-il pas au salut de la France éperdue?... et, au lendemain de ces funestes journées de juin, préludes de pillage et d'incendie?...

— Ah! comprenez, comprenez de grâce que c'est ici encore le vagissement d'un blessé qui monte à vos lèvres, bien plus que la juste appréciation d'une intelligence saine.

Vous vouliez qu'il vînt... parce que vous aviez besoin de lui. Mais le pouvait-il, si sa venue inféconde ne devait être alors que l'explosion d'une trop rapide aventure? Gouverner, c'est prévoir, vous dis-je, c'est aussi se réserver, mais surtout c'est n'agir que dans les plans où toutes les vigueurs peuvent se développer à l'aise. Or, je vous demande un peu où vous pouviez voir l'assiette sérieuse d'une Restauration forte et durable dans les confusions horribles qui suivirent la révolution de février.

Ce que vous ne saviez pas alors, vous le comprenez maintenant; vous comprenez que dans les entrailles de cette misérable Europe aveugle et sourde, il y avait alors le principe de la toute-puissante commotion qui éclate aujourd'hui de toutes parts. L'Eglise, tête et âme du monde moderne, était si peu en état de fixer le droit, qu'elle oscillait elle-même entre sa doctrine méconnue et ses glaives paralysés. Pas une couronne qui ne désertât la cause du droit pour le rêve exclusif de son ambition ; partout les hautes solutions redoutées ou méconnues ; partout les expédients invoqués ; partout les petits rêves caressés, les vieux partis encore irrités, les intelligences dispersées, la foi elle-même errant au hasard. Supposez une Restauration monarchique faite au milieu de cette atmosphère lourde et pleine de miasmes impurs... Eût-il été un Charlemagne ou un Louis XI, pensez-vous que le chef nouveau eût pu échapper à l'esprit général de concession misérable, à la lâcheté intellectuelle qui empoisonnait ce temps néfaste ? L'Europe entière, ivre du facile triomphe d'un monarque légitime, lui eût tressé des couronnes, mais des couronnes empoisonnées. De toutes parts, en lui imposant en quelque sorte les rêves dont le monde était mal réveillé, on l'eût fasciné, endormi. La folle Europe se fût endormie autour de lui ; quinze ans ne se seraient pas écoulés, que la *crise actuelle* n'en eût éclaté que plus violente, avivée par les rivalités des rois, les questions mal résolues et l'absence de lutte décisive entre la foi et l'athéisme, entre le droit et le non-droit, entre la révolution déchaînée et la contre-révolution résolue. La politique a ses crises comme la santé, et tel est emporté par la crise pour l'avoir mal à propos irritée, sans l'avoir le moins du monde pressentie.

Or, vous qui aimez le prince héritier de vos rois, bénissez votre heureuse étoile qu'il ne soit pas remonté au trône de ses pères en **1848** : car, s'il y fût remonté alors, laissez-moi vous dire avec une sorte d'horreur mystérieuse, qu'il serait peut-être hélas ! sur le point d'en descendre : car en **1848**, le plein effet de la révolution n'était pas sorti tout entier, et n'avait pas, comme de nos jours, motivé la plus grandiose déclaration du droit chrétien qui se soit jamais faite depuis les siècles entiers dont l'ombre fait honte à nos misères. Si le chef de la maison de Bourbon eût régné, il y a quatorze ans, qui vous dit que, bon, confiant, honnête, il n'eût pas tendu une main amie à cette même révolution qui se fut hâtée de le mordre, et de provoquer, de l'autre côté de sa ruine, les foudres hautaines du 8 juin **1862** ?...

Or, pour nous autres catholiques, depuis le **8** juin **1862**, mais seulement depuis le **8** juin **1862** la révolution a cessé d'être. Notre chef spirituel a parlé ; nous savons ce que nous devons croire ; nous savons ce que nous devons condamner et maudire. La plaie révolutionnaire s'irrite et se purge en même temps : les bœufs tendent de plus en plus à se replacer en avant de la charrue. Après avoir béni en quelque sorte les sophistes hérésiarques et impies qui ont forcé la représaille du **8** juin tant et si impatiemment attendue, ne nous mettons donc pas en peine : la révolution est à nos portes, la révolution déborde de toutes parts, poussant avec rage vers l'abîme ceux qui l'ont démuselée, et ne pouvant plus s'arrêter qu'à nous, pour nous subir ou nous emporter. La révolution–idée a fini par ramener l'ordre dans les idées; la révolution–poignard, la révolution–émeute saura bien ramener l'ordre dans les faits; et remettre l'Europe sur pied..... en la fustigeant de main de maître.

« 89 est au *rancart*, 1848 est aux gémonies. » C'est M. P.-J. Proudhon qui le dit; et je suis heureux d'en juger sous ce rapport absolument comme lui. Or, pour ceux qui aiment et vénèrent Mgr le comte de Chambord, il me semble qu'il est encore mieux à Venise qu'aux gémonies.

Ah!... braves gens, vous croyez qu'il manque d'initiative, l'arrière-petit-fils du dauphin de France!... Eh non! vraiment, et rien n'est merveilleux ce me semble, comme de le voir emboîter le pas militaire avec... l'initiative de la Providence.

LETTRE SEPTIÈME

Vaurais, ce 10 novembre 1862.

Les flancs du siècle se sont ouverts. — L'aube sourit derrière les nuages. — Dieu vous entende et vous exauce! — Un vieux de la chambre introuvable. — Servons-le pour l'amour de lui. — Timides priez, résolus servez; âmes doubles, passez outre. — Le temps moderne engendre la haine. — Nier, outrager, détruire. — L'égalité poursuit son œuvre. — Mais l'heure du dîner s'approche. — Il faut vous mettre en appétit. — Les festins de Trymalcion. — Poule au pot et vin de Bordeaux.

— Encore un mot, ajoutai-je en terminant : ce que vous devez souhaiter avant toute chose pour ce prince qui est le nôtre à tous, c'est une situation régulière, large, épurée, à travers laquelle toute la force de son principe et toute la beauté de son intelligence puissent se développer à l'aise, dans la pleine fécondité de leurs mouvements. Ce qu'il lui faut, c'est le grand air, c'est le plein soleil. La démonstration éclatante de la vérité des principes ne se fait que peu à peu; laissez donc la lumière se produire dans la transformation libre et régulière de l'opinion. Le prince lui-même vous l'a dit, non pas une fois, mais cent, mais mille, mais à toute heure du jour : son droit, sa personne, sa vie, tout ce qui est de lui est à vous. La dernière goutte de son sang, la dernière obole de son épargne, le haut prestige du nom qu'il porte et du droit qu'il représente, toute cette merveilleuse réserve que l'héritier de tant de rois doit à leur impérissable mémoire... tout cela demeure, l'arme au pied, dans le plan des grands faits qui élargissent peu à peu l'horizon de ce pauvre siècle. Mais qui donc oserait marquer d'un doigt téméraire l'heure décisive que Dieu prépare à l'éclat d'une fortune si haute? Dieu qui est le générateur suprême des situations, fera la sienne ou ne la fera pas; mais nul autre que Dieu n'y peut rien.

J'étais comme vous il y a dix ans; et je m'écriais tous les jours, partageant vos impatiences comme j'aurais voulu partager vos dangers : — Que ne vient-il?... que ne nous admet-il à l'éclat d'une mort glorieuse?... Mais depuis que j'ai vu l'aurore des solutions souveraines se lever dans la brume des temps; depuis que j'ai senti la fécondité manifeste des jours que nous traversons, et que j'ai achevé de comprendre les grandeurs de l'œuvre qui lentement se prépare, un enthousiasme en quelque sorte rajeuni, a mis des rênes à mon impatience. A mesure que je constatais la stérilité manifeste du terrain fuyant sous nos pieds, je me sentais mieux armé pour une appréciation plus expériente. Il en est résulté que pour l'inflexibilité de ma logique, l'initiative des autres temps eût été une faute énorme contre la droiture et l'intelligence d'une situation qui attend patiemment que son heure sonne ou ne sonne pas. Ce que je tiens à constater seulement, c'est qu'il est impossible de soutenir, avec quelque apparence de raison, que l'auguste victime des modernes révolutions, ait fait défaut un moment, je dis un seul, à l'immense éclat de son nom, ou à l'intelligence de sa fortune.

— Cher et affectueux ami, je ne vous dirai certes pas, vous devez bien le comprendre, que mon éloquence se vit tout à coup triomphante, et que je ne trouvai plus d'incrédules parmi tant de braves gens, plus habitués à dévorer l'outrage en silence, qu'à explorer froidement le mystère des pénibles problèmes. On ne se rendit pas tout de suite; on ne m'applaudit pas à tout rompre; plusieurs même se détournèrent en grondant; mais une larme chaude et ingénue coulait sur la barbe blanche d'un octogénaire qui avait refusé autrefois obéissance à la Charte de 1814. Il vint à moi les bras tendus, et me dit d'un ton pénétré : — Dieu vous entende et vous exauce! nous autres qui, depuis plus de soixante hivers, portons avec une si amère tristesse le poids de tant de fautes accumulées; nous, dont la vie s'est passée à pleurer ce que nous avions perdu, ou à caresser un espoir qui fuyait sans cesse, nous avons peut-être besoin en effet qu'une appréciation plus calme et plus spécialement moderne prenne le pas devant la fougue de passions qui sont devenues çà et là ou aveugles ou somnolentes. Mais chez nous le cœur est toujours le même; le cœur ne se lasse pas. Que ce soit donc le cœur qui nous soutienne, entre la lumière du passé qui nous a trompés, et les lumières de l'avenir qui peuvent nous trouver encore incrédules.

— Messieurs, ajouta-t-il en se retournant vers les principaux acteurs de cette lutte toute familiale, que la vérité, que la raison soient avec ceux qui dorment dans la tombe, ou avec ceux qu'un nouvel espoir anime, rapprochons ces crépuscules et ces aurores par une constance aveugle dans l'amour et dans la fidélité. Que la monarchie française soit au seuil de son heure suprême, ou au seuil d'un merveilleux renouveau, ne séparons pas notre destinée de la sienne : l'honneur est pour nous suffisant d'accompagner le dernier des rois de France dans les hasards de sa destinée. Ne prétendons pas à faire notre sort meilleur que le sien; et nous, qui avons tant de fois fait serment d'être fidèles jusqu'à la mort, montrons aussi que nous savons être fidèles jusqu'à la patience; même jusqu'à cette résignation chrétienne qui ne dégénère jamais en désespoir. Vous savez tous ce que vaut le prince dont vous servez la cause ; vous l'aimez, vous le vénérez, parce que nul plus que lui n'est inspirateur d'amour et de vénération. Aimez-le donc tel qu'il est, lui qui n'a pas entamé l'intégrité de son droit. Aimez-le, sans vous occuper de savoir à quelle fortune Dieu le réserve ; mais cette fortune est trop haute, pour que ce soit l'homme qui s'arroge le droit d'en ménager les issues. Quant à moi, mon pli est pris, mon habitude acceptée : j'aime, je vénère, je suis fidèle et j'attends... Trouvant toujours mon sort assez beau de graviter tranquillement dans l'orbe de cette royale infortune.

Un monarque sur le trône est un foyer d'ordre, de force morale et de lumière auquel tout citoyen doit sa part de controverse en même temps que sa part d'obéissance ; mais un monarque en exil est un chef de parti que nul ne doit avoir la prétention de servir autrement qu'il ne le souhaite. Si vous êtes de ceux qui se bornent à lui adresser une adhésion tacite et prudente, priez pour lui et mesurez votre concours au poids des forces que Dieu vous donne. Si vous êtes de ceux qui ont une âme à offrir, une foi forte à engager, une vie libre à sacrifier, servez-le pour l'amour de lui, et pour l'honneur de son drapeau ; faites de vos volontés une part de sa volonté ; de vos forces, une part de sa force ; ne prétendez pas à faire chevaucher les exigences de votre pensée individuelle devant l'autorité de sa pensée qui est collective ; et au lieu de lui commander son initiative, contentez-vous d'adhérer à la sienne..... Parce qu'une action commune vous est nécessaire; et que lui seul a qualité suffisante à vos yeux pour vous l'imposer. Obéissez-lui donc; et obéissez-lui *absolument*... c'est le secret des grands triomphes. Mais que si, par hasard, vous étiez de ceux qui ne verraient dans l'ajournement de sa haute fortune que l'ajournement indéfini de leur égoïste ambition, vous vous seriez trompés de route, vous vous seriez trompés de maître; et vous devriez vous souvenir, pour le bénéfice de votre initiative, qu'à l'heure où les pratiques de ce maître-là vous offusquent, vous avez pleine liberté pour vous rapprocher d'un autre. Il y en a toujours de rechange.

Vous donc qui êtes timides, tenez-vous à l'écart et priez; vous qui êtes forts et déterminés, servez.

Vous au contraire, amants fiévreux du succès rapide, qui ne servez que les aventures qu'il est facile d'acclamer dans leur triomphe ou de renier dans leur défaite; vous qui, dans vos blâmes voilés, dans vos réticences ingénieuses, cherchez une excuse à vos défaillances de la veille, ou une pente facile pour vos défaillances du lendemain; petits cœurs, esprits étroits, retirez-vous et passez outre; faites tranquillement, et à vos souhaits, l'initiative de vos intérêts; mais dispensez-vous de raisonner *ex professo* sur l'initiative qui ramène les rois sages sur leur trône, et les sujets fidèles dans la tranquillité d'un triomphe qu'ils servent mieux en l'affirmant *diis invitis*, qu'en essayant de le contraindre.

Voilà, monsieur et ami, les propos qui se débitaient à Lucerne, au milieu de cette France d'élite qui n'est plus déjà, je vous en avise, ni la France de **1830**, ni la France de **1848**; mais une France nouvelle où tout s'élargit et monte, les idées et les caractères; une France résolue et sûre d'elle-même, parmi laquelle le respect et l'amour qu'inspire un prédestiné, semblent ramener, comme par miracle, ce haut besoin de respect et d'amour, ce sentiment admiratif, cette effusion de l'homme vers son semblable, qui est un signe précieux d'ordre, de progrès, de fécondité. N'est-il pas temps d'en finir, en effet, avec cette escrime de la haine, ce pugilat du mépris, ces grotesques frémissements de l'individualisme aux abois qui nous enveloppent de toutes parts comme d'un suaire de décadence. A Lucerne, moi qui vous parle, je n'ai vu que foi sincère et recherche affectueuse... tandis qu'à Paris, comme en province, dans tous les milieux où patauge le monde fétide qui est le *paraître* de notre temps, je ne sais pas deux hommes qui ne se cherchent pour s'offenser, se rapetisser, se nier mutuellement l'un l'autre; pas deux femmes qui ne se rencontrent pour se calomnier, se lacérer d'offenses félines, se porter pour ainsi dire le couteau dans le cœur et la griffe dans le visage. Partout l'injure, partout l'envie, partout l'insolence, partout le déni de justice.

dans ce vaste cauchemar d'égalité qui nous enveloppe, nul qui ne se livre à l'effort le plus effréné pour la détruire.

— Ils sont égaux ! dit la révolution lasse et amère, c'est-à-dire qu'il n'y en a pas un qui ne tende à se venger du mépris qu'il fait de lui-même par le mépris dont il accable son semblable. — Je suis vil et bas !... se dit l'homme de notre temps; mais quiconque aura la prétention d'être moins vil que moi, je l'outragerai ; d'être plus haut que moi, je le briserai. Moi !... respecter quelque chose !... moi aimer !... moi admirer !... Comment le ferais-je donc, si je ne me respecte pas moi-même, si je me hais, si je me suis, à mes propres yeux, un objet de répugnance ?...

Etonnez-vous donc, après cela, qu'il n'y ait, dans la couche apparente de notre civilisation, ni foi, ni loi, ni ordre, ni supériorités éclatantes, ni amour, ni admiration ; ni talents calmes, ni œuvres mûres. Détruire et rapetisser, telle est l'œuvre du temps moderne dans son plein et rapide essor. Haïr et nier ; faire la grimace et tourner le dos... Tel est le mot de l'énigme sinistre que nous jette, en son agonie, le monstre révolutionnaire.

Mais, Dieu nous assiste !... ce n'était donc pas la révolution qui était à Lucerne, puisque tout y respirait le besoin le plus ardent qui fut jamais de foi, de respect, d'amour, d'admiration, de sympathie ; puisque dans cette explosion généreuse de la France encore saine et vivace, il n'y avait pas un visage qui ne se semblât venu là pour chercher un visage ami; pas un cœur qui ne fût disposé à battre plus vite; pas un esprit qui ne semblât ardent à s'éprendre du beau, à concevoir et à confesser un enthousiasme.

Et pourquoi donc tous les cœurs étaient-ils là sains, loyaux, honnêtes, affectueux, presque tendres?...ah! c'est qu'en y sentant une *présence* loyale, en y éprouvant un sentiment de sympathie aussi tendre que respectueuse, il ne se pouvait pas que les âmes ne demeurassent là ouvertes toutes grandes à tout ce qui est digne d'affection et de respect. Les gens qui ne se connaissaient pas avaient l'air de se chercher pour se connaître; ceux qui se connaissaient déjà pour se connaître mieux encore; on avait besoin de s'aimer, de se comprendre, de s'épancher; et rien de consolant à voir comme ce flot de visages heureux qui semblaient avoir retrouvé à l'étranger leur patrie absente, et leur histoire oubliée; un objet à leur enthousiasme, à leur besoin mystérieux de s'élever dans leur propre estime et dans l'estime de leurs semblables!

Eh bien, je vous en demande pardon, mais en cherchant les institutions républicaines... voilà ce que j'ai vu de plus clair à Lucerne. Après le monument sublime qui appartient à notre histoire, je vous ai parlé amplement du prince qui est et demeurera, quoi qu'il advienne, l'une des grandes figures de cette même histoire ; puis je vous ai parlé des hommes et du haut débat qui les préoccupe depuis tant d'années; venez donc assister maintenant aux fêtes plus intérieures, à ces imprévus qui saisissent l'âme et imposent à ces sortes de réunions un cachet qui, pour appartenir un peu au domaine de la poésie, n'en appartient pas moins, je vous jure, au domaine de la haute raison.

Le lion de pierre qui dort dans sa niche; le noble prince qui reçoit ses amis, et demande en souriant des nouvelles de la politique en France à de pauvres gens trop émus pour lui répondre; les fidèles, vieux et plus jeunes, qui s'accordent en leurs débats sur le terrain d'une fidélité aveugle... tout cela vous a fatigué peut-être... Venez donc vous reposer un moment; et, pour peu que l'heure du dîner s'approche, permettez-moi, pour vous mettre en appétit, de vous faire assister au premier repas offert par le chef de la maison de Bourbon, aux amis venus de France pour le saluer à Lucerne.

Pauvre repas... repas d'auberge!... vont s'écrier les Pallas et les Epaphrodite, habitués dans le palais d'or aux festins de Trymalcion.

Mon Dieu, messieurs, laissez-moi dire... J'ai bien écouté le récit de tels ou tels, qui, le front couronné de roses, ont bu le moderne cécube, sous les treilles à la détrempe des revenants d'Herculanum. A Lucerne, la chère était sans doute moins grasse; il y avait moins de plats; mais on se consolait aisément de l'infériorité des mets, par l'évidente supériorité des convives.

Permis à tel goinfre du jour d'arroser ses langues de paon et ses écrevisses du lac Lucrin avec du Falerne récolté sur les coteaux de Suresnes... moi, j'aime mieux la poule au pot, et le Bordeaux-retour des lieux saints.

LETTRE HUITIÈME

Vaurais, ce 20 novembre 1862.

Le majordome et le sommelier. — Multiplication des convives. — La fanfare du jeune Henri. — L'Odéon de 1847. — La *partie de chasse d'Henri IV*. — Les hommes de juillet. — Plus d'indifférence que de haine. — Macbeth. — Quel royaliste que ce Shakespeare! — Quel royaliste que ce Racine! — Fête offerte par la fidèle Auvergne. — Autre poëte royaliste. — Le songe d'Athalie. — Portrait de Joas, avec variantes. — L'augure antique, le païen moderne. — Cœurs capables de résistance. — Les zouaves pontificaux. — Refaire la vraie unité.

On assure qu'il y a deux ans à peine, lors d'un premier voyage à Lucerne, les agapes monarchiques présidées par le royal héritier de la couronne de Louis XIV, atteignirent environ le chiffre de vingt-cinq ou trente invités par jour. On ajoute qu'à l'époque où les familiers de Frossdorf ou de Venise s'essayaient chez madame la duchesse de Parme à préciser le caractère de la nouvelle réunion, ils n'allaient à rien moins, dans le délire de leur enthousiasme, qu'à élever au chiffre de quarante les heureux et honorés convives de ces banquets un peu plus patriotiques que ceux de 1848. — Oui certes, se disaient le majordome et le sommelier en se frottant les mains, 1862 dépassera 1860; le progrès est comme le soleil, il luit un peu pour tout le monde. Nos amis arriveront en plus grand nombre ; et nous pouvons raisonnablement en espérer quarante à cinquante par jour, sans nous bercer d'une trop riante illusion.

Eh bien, avouons du moins que ces dignes calculateurs ne péchaient pas par esprit de présomption, puisque les vingt-cinq de 1860 devaient en arriver à dépasser la centaine. Il y aura bientôt dix-neuf siècles, aux noces de Cana, le bon Dieu multipliait le pain et le vin; à Lucerne, il y a six mois, il multipliait les convives. Oui, monsieur, il y avait foule à la table du prince pendant son séjour à Lucerne; et il n'eût fallu rien moins que le Champ de Mars ou mieux encore la plaine Saint-Denis pour recevoir et accueillir les milliers de fidèles venus des quatre coins de la France.

Figurez-vous donc l'immense salon du Schweizer-hof éclairé d'une façon splendide pour cette première fête où se rencontraient tant d'apôtres de la même foi. Rien de simple, rien de charmant, rien de familial comme cette réunion où tous les rangs de la société avaient leur place, sans confusion comme sans étiquette. Là, tout le monde se connaissait sans qu'on se fût jamais vu; point de sévère apparat, point de cérémonial. Le prince et son auguste sœur tenaient le haut bout des tables, cela va sans dire, entourés de leurs familiers, et déjà nous entendions les préludes d'une douce musique allemande qui donnait à cette brillante fête quelque chose de la saveur poétique des légendes chevaleresques. Ce n'était plus là en effet la grotesque furie de ces musiques militaires, dont les cuivres et les bourdons rappellent avec avantage la trompette marine réclamée par M. Jourdain; mais c'était une musique expressive et non déchirante: plus faite pour remuer l'âme que pour fracasser le tympan. On n'y hurla pas la *Marseillaise* ou *le Chant des Girondins;* mais le concert commença par une harmonie plus noble, plus heureuse, plus française, par l'ouverture de *la Bataille d'Ivry*, assez généralement connue sous le titre *d'ouverture du jeune Henri;* et, à part le bonheur de la circonstance, je vous exprimerais difficilement l'émotion étrange que vint remuer en moi cette musique pleine d'entrain, de grâce et d'éclat.

J'ignore si votre gravité académique s'égara jamais, vers les derniers jours de la révolution de Juillet, à ce même théâtre de l'Odéon où toute la jeunesse littéraire du temps faisait ses premières armes. Les gouvernants de cette époque, rendons-leur du moins cette justice, ne s'étaient pas constitués les meurtriers, les offenseurs de toute initiative littéraire. Ils ne protégeaient pas les lettres, mais ils ne les foulaient pas aux pieds avec une lubrique furie ; on ne saurait trop dire ce qu'ils aimaient, à part toutefois le succès ; toujours est-il vrai d'ajouter qu'on ne saurait trop dire ce qu'ils haïssaient ou offensaient. Ils n'auraient pas fait quatre pas pour comprendre, pour seconder, pour protéger un homme ou une œuvre ; mais ils n'auraient pas fait un geste pour la satisfaction d'une haine ou d'une basse colère qui n'était point dans leur âme. En ces matières, l'indifférence était, sinon leur loi, du moins leur habitude. Ne se sentant point engagés par la tradition de François Ier, de Charles IX, de Louis XIV, de Louis XVI ou de Louis XVIII, ils n'étaient pas de ceux qui vont chercher le talent pour l'honneur de le mettre en lumière ; mais ils n'étaient pas non plus de ceux qui tendent à relever la bassesse de leurs créatures, par la persécution insensée qu'ils font subir aux malheureux soupçonnés d'un peu de talent ou d'un peu de caractère.

Vous ne vous étonnerez donc pas que les hommes de Juillet, vers la fin de 1847, permissent à l'Odéon les représentations de *la Partie de chasse de Henri IV*, qui, chaque soir, étaient précédées par la brillante symphonie dont je vous parlais tout à l'heure, laquelle est une des plus heureuses pages de notre musique nationale. Mais ce qu'il y a d'étrange, c'est que ce souvenir se confondait précisément en moi avec un souvenir plus haut, plus sévère encore, celui des représentations de Macbeth, traduit par le brillant poëte Emile Deschamps. Macbeth... vous savez... cette magnifique légende du soldat conduit par la main du crime, à qui des suppôts de l'enfer ont promis la couronne; et que des prédictions mystérieuses ont averti qu'il tomberait, quand les arbres de la forêt se détacheraient de leurs racines pour s'avancer contre lui.

Harmonie enthousiaste et pure... poëme terrible et plein de leçons éternelles... la chasse du roi et ses poétiques fanfares... puis l'usurpateur criminel, qui voit se dresser des spectres dans le délire de ses orgies; et la compagne devenue folle qui tente d'effacer, à ses pâles mains, la tache de sang qui résiste et ne veut pas disparaître; puis encore le jeune roi Malcolm, et les vieux héros qui donnent leur sang pour le ramener au trône; enfin la nature entière qui déborde en étrangetés et en prodiges; la fièvre monarchique qui monte au cœur de toute une nation saturée de forfaits et d'extravagances; Macbeth, un genou en terre et finissant par comprendre Dieu dans les hauteurs de sa représaille... Voilà ce qui m'emplissait l'âme, pendant que la musique allemande nous jouait la chasse du roi Henri, et que j'avais, à vingt pas de moi, cet autre Malcolm que le Macbeth révolutionnaire a fait orphelin.

En vain, d'excellents voisins de table, que je n'avais jamais vus, que je ne reverrai jamais sans doute, me tenaient les discours les plus affectueux; en vain, quelque superbe laquais en livrée bleu de roi et blanche, inclinait vers nous son flacon hospitalier... je n'entendais que la douce musique; je ne songeais qu'à Macbeth; je n'avais d'yeux que pour Malcolm. Dans la tête brune de mon voisin de gauche, ou dans la tête blanche de mon voisin de droite, il me semblait voir s'agiter des serpents... mon assiette me faisait l'effet d'une chaudière, ma fourchette d'une peau de lézard; et j'étais tenté par moments de me redresser au milieu de mes sœurs infernales pour crier... ce que vous savez.

Quand les princes se levèrent pour rentrer dans leurs appartements, je ne saurais vous exprimer le sentiment qui rayonnait sur les visages de nos cent cinquante convives. Je crus un moment qu'une explosion presque folle allait se produire; il n'en fut rien; la plus haute réserve, la plus parfaite retenue domina tout; pas un cri ne fut poussé; et si des toasts furent portés, ce fut tout bas, bien bas; le cœur les criait avec ivresse, la bouche les murmurait à peine; et tout le monde paraissait heureux, tant il est vrai que le sel, sinon attique, du moins français de l'enthousiasme, c'est toujours et partout et en tout la sobriété dans le geste et le calme dans l'attitude; cela soit dit en passant, et sans offenser le moins du monde, tels ou tels peuples voisins qui ne sauraient exprimer leur ivresse sans se tordre ou sans boxer.

Mais quoi! il n'en est pas moins vrai de dire qu'à l'heure où la présence de personnages augustes et vénérés ne l'engage plus, la France a le diable au corps; et que le diable français est de ceux qui réclament toujours leur part, quand ils n'en réclament pas plusieurs.

Le festin, la musique de Méhul, le souvenir de Macbeth, un sourire en passant au génie de ce vieux royaliste de Shakespeare... c'était déjà quelque chose... mais attendez, nous ne sommes pas au bout; Racine, cette autre peste royaliste, va prendre son tour... et cette soirée devait appartenir, à ce qu'il semble, aux fureurs de la tragédie... car nous avions à peine quitté la salle du festin, que des voix affectueuses venaient me dire tout bas :

— Dans deux heures... au café des Alpes.

Quelques instants plus tard, une foule immense se pressait dans les salons de l'hôtellerie, autour des enfants royaux, des princes détrônés tous les deux. On ne pouvait remuer, tant la foule était compacte, tant la chaleur était accablante; çà et là le prince passait, donnant un mot à celui-ci; accueillant celui-là d'un sourire; marquant partout son passage par les sons étranges d'une voix qui ne peut plus s'oublier quand une fois on l'a entendue; une de ces voix de miel et d'airain, qui, dans leur tranquille et naturelle explosion, dénotent certainement une plénitude extraordinaire de facultés non moins sérieuses que puissantes.

Qu'il ouvre la bouche, en effet, ce prince... c'est pour vous ravir s'il parle à demi voix; pour vous étonner, presque vous stupéfier, s'il parle haut et donne carrière aux faciles modulations de son très-puissant organe. La force qu'il développe est profondément suave, car c'est une force sans effort, une force qui ne livre d'elle-même que ce qu'il lui plaît de livrer; force matérielle si l'on veut, mais dont l'organisme excellent est beaucoup plus souvent qu'on ne pense, un symbole exact de l'organisme du caractère, et des qualités intellectuelles.

Puis, quelle franchise dans le regard!... quelle netteté! quelle droiture! quelle absence parfaite de dédain, d'arrogance ou de moquerie! le sourire a, par moments, quelque chose de féminin, je dirais presque de timide, si tout cela n'était relevé sans cesse par une admirable hauteur de manières, une merveilleuse distinction de race; et un ensemble de mouvements en quelque sorte athlétiques, qui laissent entrevoir un sentiment de domination aimable, mais de domination certaine. Et que n'étaient-ils là réunis, mon Dieu, tous ces partisans sincères, mais inexpérients, du gouvernement des nations par l'ambitieux qu'on rêve comme le meilleur des hommes, et qui en est presque fatalement le pire. Je leur aurais dit :

— Regardez donc... et jugez. Supposez une face d'ambitieux; mettez-la devant moi, et je vous y marquerai signe à signe toutes les angoisses, toutes les violences, toutes les amertumes, tous les découragements et aussi toutes les terreurs de sa vie. Quoi! vous voulez me faire gouverner sans contrôle par un ouvrier de sa fortune!... mais il n'y aura pas un acte de sa gouverne qui ne signifie en bons termes : — ennui de soi et des autres, orgueil fébrile, colère aveugle, ivresse folle, lassitude profonde, terreur incessante!...

Et puis, regardez donc maintenant l'héritier légitime de soixante rois... mais il est calme, celui-là, car il n'a pas usé les trois quarts de sa vie à sortir de son néant; il n'a pas de haine, parce qu'il n'a pas à se venger de ceux qui ont entravé ses actes de force ou de ruse; il n'est ni soupçonneux, ni jaloux, ni cruel, ni troublé, par cela précisément, qu'il ne saurait avoir de rivaux. Il ne méprise pas, parce qu'il n'a pas été méprisé; il ne se fait pas, de son arrogance, une cuirasse absolument inutile à son élévation; et il est entier dans sa bienveillance, parce que les fureurs d'une lutte insensée ne lui ont rien ôté de sa force, de sa douceur et de sa sérénité.

— Que pourrait-on répondre à cela, je vous le demande en conscience? Tous les soirs, après avoir reçu nominativement cinq ou six cents personnes dans la journée, avoir parlé à chacun, avoir été l'objet par moments, des scènes les plus grandes, les plus émouvantes, le prince rentrait dans ses appartements, nous laissant libres, nous autres, de vaquer en paix à nos préoccupations personnelles. Je me dirigeai donc, selon l'avis que j'en avais reçu, vers le café des Alpes, dont la salle nous appartenait exclusivement à partir d'une certaine heure.

Ce soir là, c'était l'Auvergne qui donnait sa fête fraternelle, l'Auvergne, cette Suisse de la vieille France, cette Limagne à l'air pur et au sein fécond, où l'on préfère encore les aigles qui se montrent dans la montagne, aux loups qui se cachent dans les tanières.

— Que ferons-nous? dis-je aux ordonnateurs de la fête.

— On portera des santés, me répondit-on en souriant, et on écoutera des vers.

Puis une voix empreinte d'une satisfaction évidente ajouta :

— Regardez.

Je vis d'abord un régiment de bouteilles séditieuses dont la tête argentée disait assez l'origine; puis, dans un coin de la vaste salle, un homme sombre et triste, un peu isolé, figure qui m'était familière, enseigne d'un nom qui n'est pas ignoré; il avait la tête appuyée sur ses poings fermés, et il promenait çà et là des regards durs et un peu farouches.

— Ah çà? me dis-je à moi-même, en songeant à mes visions de Macbeth, il paraît que la tragédie revendique aussi son droit méconnu, puisqu'elle se montre à Lucerne.

Quelques instants plus tard, les bouchons sautaient, les verres se vidaient, des toasts chaleureux étaient proposés et acclamés; on causait, ici-près tout haut, ailleurs à voix basse; puis un des enfants de l'Auvergne, de la vraie Auvergne des monts, non de l'Auvergne des cavernes, se leva et dit :

— Messieurs, je réclame l'attention de ceux d'entre vous qui seraient soucieux d'entendre réciter *Le Songe d'Athalie*.

Et le spirituel auvergnat ajouta d'une voix pleine de sarcasme et de colère contenue : — Avec variantes.

Alors, un grand silence se fit; le poëte que je vous signalais tout à l'heure se leva; je le vois encore avec sa haute taille, ses larges épaules un peu inclinées, ses tempes déjà grises et son grand œil triste. Connu de tous comme royaliste déterminé, la sympathie lui était acquise par avance; et certes je puis bien dire que l'attention la plus profonde, la plus anxieuse ne lui était pas moins acquise quand il commença de sa voix rageuse et amère :

Prêtez-moi l'un et l'autre une oreille attentive!

Ce qui suivit ne se décrit pas; et quand il y aurait urgence à cette poétique besogne, ce ne serait certes pas moi qui consentirais à m'en charger. Je ne vous redirai pas ces vers de tragique irrité, cette heure de fascination inouïe exercée par une muse vengeresse. Ne pouvant vous révéler ici le nom du poëte, je renonce à vous parler de son succès et des fureurs d'applaudissements qu'excita entr'autres choses le portrait de Joas... toujours avec variantes.

J'ai entendu dire à plusieurs que ceux qui avaient assisté à cette fête nocturne, dans un café de Lucerne, ne risquaient pas de l'oublier. Je pense que le souvenir aussi en restera gravé pour jamais dans le cœur du poëte gallo-latin qui ne s'attendait guère, m'a-t-il assuré en souriant, à ce bon accueil fait à sa muse proscrite et persécutée.

A ce que prétendent les expérients, il en est ainsi de la poésie; la persécution est son lot, la haine des méchants son droit commun. Le prêtre païen ouvrait le ventre des taureaux pour lire dans leurs entrailles fumantes; et l'on dirait, en vérité, que le pharisien moderne aime à traiter les poëtes comme l'augure traitait les taureaux. On les perce pour savoir s'ils ont la vie dure, et si leur lente agonie peut rendre un son harmonieux. Mais les poëtes, que l'antiquité respectait comme créateurs, et reconnaissait comme devins, jettent parfois, en souriant au supplice que le moderne païen leur inflige, de ces cris de colère et de prévision qui sont à la fois le signe de leur force persistante et la légitimité de leur représaille. Mais brisons là, je vous en prie... A ces souvenirs que j'évoque, tout un monde de pensées salutaires se remue en moi et me fortifie.

J'aime les poëtes acculés qui soutiennent avec bonne humeur le choc insigne des Zoïles qui les offensent, ou des serviles qui les poursuivent; j'aime cette rage des frêlons en fureur qui réalisent si amplement le mot sublime de Tacite : *Sibi dedecus, atque illis gloriam!* mais comme le patient que je viens de vous signaler pérore là-bas, au milieu de toute une horde juvénile de zouaves pontificaux, laissez-moi maintenant vous parler aussi de ces généreux fils des croisés, qui retourneront en Italie, quand il s'agira d'y refaire la vraie UNITÉ, cette unité fédérale et monarchique en même temps, qui rend aux souverains leur couronne et aux peuples leur patrie, l'unité de foi et DE DROIT, la grande UNITÉ catholique, apostolique et romaine.

Les poëtes disent leurs vers, c'est bon... les zouaves les applaudissent, c'est bon encore ; mais si les zouaves ne font pas de vers, ils ne laissent pas, croyez-le bien, d'être poëtes à leur manière, comme je vais vous en fournir la démonstration éclatante.

Moi je les aime et je les admire, ces nobles jeunes gens qui fournissent, aux dépens de leur vie, la preuve décisive que leur patrie oublieuse n'est pas tout entière décapitée de sa foi et de son honneur, je les aime parce qu'ils rendent un caractère à la jeunesse de leur époque. On nous a parlé souvent des rudes zouaves africains qui escaladaient les pics d'Inkermann pour apparaître dans les nuages et foudroyer l'ennemi. Eh bien, je m'en vais vous raconter ce que font, parfois, les enfants de la vieille France, les apôtres du vieux droit, quand il leur plaît d'accomplir, avec cette volonté française qui peut tant de choses, des prodiges qui appartiennent plus encore à la poésie qu'à l'histoire.

LETTRE NEUVIÈME

Château de Mondion, ce 25 décembre 1862.

Un sourire à l'ancienne France. — Les familiers du mont Pilate. — Le paysage des montagnes. — Pureté de la lumière. — Nous sommes battus, mais contents. — Confesseurs de foi et de vérité. — Erreurs de la Restauration. — Nous ne serons rien que par l'opinion. — Les travaux d'un nouvel hercule. — A l'heure dite, les fenêtres s'ouvrent.

Permettez, maître et ami, que je m'interrompe un moment pour vous dire quelques mots du sentiment que m'inspirent les lieux d'où je vous adresse cette improvisation rapide.

La neige tombe; la bise tournoie et s'engouffre à travers les escaliers; la cloche du village tinte pour la messe de minuit; je suis seul, ou à peu près, commis à la garde des enfants qui dorment; les bûches de chêne et de sapin s'irritent en brûlant et m'inondent de leurs jets de flamme; et pendant qu'autour de moi tout le monde, grands et petits, maîtres et serviteurs ajoutent une parole sacramentelle à leur prière de la nuit, je ne saurais m'empêcher de songer à l'ancienne France, à cette France si peu connue, qui semble s'entêter, violente, à s'affirmer sur ce coin de terre où elle se trouve si heureuse.

Ici, nous sommes un peu en Poitou, un peu en Touraine. Ici, le château, centre de vie active et de bienfaisance incessante, a persisté fièrement dans le respect comme dans la tendre affection qu'il inspire. Ici, le château est comme la capitale d'un petit royaume, la tête d'une sorte de phalanstère d'où rayonne une intelligente initiative. Ici, le curé est le lien doux et naturel entre le château et le village; de l'autre côté du vallon est l'école tenue par des religieuses; autour de l'église sont groupés les citoyens, les frères, les enfants de cette famille dont les membres divers ne sauraient avoir un intérêt ou même une idée qui ne se rapporte en quelque point à l'église ou au château. Pourquoi? parce que là encore le château est inspirateur d'ordre et de fidélité; l'église, inspiratrice de foi, d'espérance et de soumission, pendant que le village gravite avec bonheur dans l'orbe du bienfait qui l'attire et de la foi qui le contente.

Ici, j'ai pu étudier cent détails qui demanderaient des volumes pour être appréciés et compris. Aux frontières de cet oasis, la Révolution semble s'être arrêtée; et l'homme du peuple s'entête fièrement à ne vouloir y reconnaître d'autres principes sociaux que ceux qui émanent du roi, du seigneur et du curé. Le roi, pour ces gens, ce n'est pas précisément une personne, ce n'est pas Louis XVIII, Charles X ou Louis-Philippe ; le roi, pour eux, c'est le principe générateur de la loi; le seigneur, c'est le principe générateur du bienfait, de la protection, comme le curé est le principe de la consolation et de l'espérance.

Allez dire à ces hommes-là qu'ils vont être égaux entre eux, frères, semblables, sans roi, sans loi, sans seigneur, sans curé.... au premier moment, ils seront navrés de douleur; le lendemain ils deviendront furieux, le surlendemain vagabonds ; car ce que redoute le plus l'homme des champs, c'est de se sentir isolé, désarmé, impuissant vis-à-vis de son semblable. Le paysan est la prévoyance même; il veut bien posséder la terre, mais la posséder de par le roi et la loi, afin que son semblable ne vienne pas le déposséder; il veut bien aussi travailler pour quelqu'un, mais toujours pour le seigneur qui est riche, qui avance de l'argent, qui attend pour être payé, qui est assez haut placé, en un mot, pour ne se montrer ni dur, ni vain, ni arrogant, ni avide ; car, il faut bien vous l'avouer tout bas, la plus grande honte que puisse redouter le paysan, c'est de servir LE PETIT MONDE. Sortez donc de Paris, mon maître, venez visiter la France, la vraie France, et nous verrons si vous persistez à vous croire républicain.

Je reviens, s'il vous plaît, à Lucerne où d'autres fêtes nous attendent.

Un peu avant l'arrivée des conviés à notre *meeting* du café des Alpes, j'avais été le témoin discret d'une petite scène intérieure qui s'était accomplie dans un des angles les plus reculés de la vaste salle.

Un homme du peuple, à la figure rébarbative, aux traits durs et accentués, était assis en face d'un grand verre de bière; il était entouré par une troupe ardente de jeunes gens résolus, qui paraissaient le presser avec instance. C'était un guide de la montagne, un de ces familiers du Pilate et du Righi, habitués à crisper leur griffe expériente sur le rebord des glaciers, en compagnie des ours ou des chamois; un de ces âpres marcheurs dont l'air altier et violent présente un assez étrange contraste avec le timide visage du tranquille Allemand des vallées.

— Non, messieurs, disait-il, en un français suffisamment intelligible, je ne puis pas; et ce que vous me demandez n'est ni prudent, ni même possible. Si nous étions en décembre, ce serait bon, car alors les neiges sont fermes et on peut les escalader sans y disparaître. Mais, à cette époque de l'année, les neiges n'ont pas de résistance, et nous y enfoncerions jusqu'aux épaules. Si vous voulez monter au Righi, je veux bien vous y conduire, mais sur la cime du mont Pilate.... non! Vous ne devez pas même y songer.

— Comment, mon brave, vous croyez que l'escalade du mont Pilate est impossible?

— Sinon impossible, du moins très-sérieuse-ment dangereuse.

— Ainsi, vous ne voulez pas nous y accompagner?....

— Non. S'il fallait y aller chercher femme ou enfant, on verrait.... mais pour y gagner une pièce d'argent.... non.

Là-dessus nos royalistes imberbes se regardèrent d'une façon étrange; puis ils s'éloignèrent du montagnard qui se retira en murmurant :

— La cime du Pilate.... à la fin de juin.... six pieds de neige toute fraîche, toute fondante.... et un brouillard infernal à ne pas voir à quatre pas devant soi !....

Le surlendemain, comme je causais dans un groupe sur les bords du lac calme et bleu, nos jeunes compagnons du café des Alpes nous abordèrent; ils avaient la mine un peu altière, et ils regardaient tour à tour les fenêtres du Schweizer-Hof et les pointes aiguës du Pilate perdues dans un énorme amas de nuages. La journée s'annonçait comme devant être belle, quoique torride ; les brumes s'abaissaient vers le lac; et, de moments en moments, on voyait un clair rayon de soleil déchirer le blanc linceul dont les lambeaux se disséminaient çà et là.

C'était vraiment féerique, et jamais il ne m'avait été donné de contempler de si merveilleux effets de lumière. Les brumeuses vapeurs roulaient peu à peu le long des flancs de la montagne ; à une certaine hauteur tout était mystère et ombre; et c'est à peine si l'on apercevait une ramure de melèze ou une tête d'ormeau à travers les flots ondoyants de cette fumée à demi transparente. Mais quand le rayon de soleil vint inonder ces masses blanches, ce fut comme une apparition qui, partant des rives du lac, remontait peu à peu les hauteurs. La succession des plans divers du paysage se déroulait d'une façon de plus en plus précise ; et je ne crois pas avoir jamais admiré une telle vivacité, je dirais presque une telle crudité de tons lumineux. A l'extrême rigueur, il me semble qu'on eût pu mesurer les ravins ou les amples replis du sol. En de certains moments on voyait les croupes de verdure comme à travers une lunette géante ; les arbres se détachaient avec une netteté, une vigueur, une précision de formes, comme si on les eût vus à vingt pas, dans une lumière merveilleuse d'abondance et de pureté. En France, dans nos vastes et grands paysages, on ne voit rien de semblable. La tranquillité de nos cieux et de nos collines nous habitue à des aspects d'un calme profond, mais un peu uniforme. Nos nuages sont toujours assez hauts, et nos horizons assez étendus pour que la lumière nous soit avare de ses effets les plus fantastiques. La lumière des monts est plus coquette ; elle ne s'y cache que pour être mieux vue ; et il semble que ce soit toujours à l'heure où l'on tremble de la perdre qu'elle reparaît ivre d'elle-même dans toute son éclatante profusion.

Je crois aussi que cette disposition, cette attitude du paysage tient beaucoup à la merveilleuse pureté d'un air que les brouillards légers traversent sans le vicier. En Suisse, les lacs ont l'air de dormir sur un lit de cristal. Ici tout est transparence ; l'eau profonde comme la neige des monts. On dirait que la nature est là sans cesse occupée à se purifier; il n'y a donc pas lieu de s'étonner qu'à l'heure où le brouillard se déchire, l'air devienne une sorte d'éther où toutes les formes du paysage empruntent quelque chose de l'incomparable limpidité de l'atmosphère.

— La soirée sera bien belle, dit un de nos amis familier au climat des lacs et des glaciers. Hier, madame la duchesse de Parme a vu de petits nuages couleur de feu monter le long des flancs de la montagne, et cette tendre mère, cette intelligente souveraine, qui a déjà vu tant d'orages, nous a promis du beau temps.

— Dieu le lui rende!... répartit un interlocuteur, pour elle et le noble enfant dont elle a si vaillamment défendu la couronne.

— Allons, ajouta un troisième, les bras croisés et le regard tourné vers les larges flancs du mont redoutable, faisons voir que nous savons allumer le feu, même dans la neige... et puisque la soirée sera belle, vous tous qui serez bientôt à la réception des augustes exilés, obtenez qu'à neuf heures sonnantes, on ouvre les fenêtres du grand salon qui donnent sur le lac, et priez tous nos amis de regarder le mont Pilate.

— Eh! bien, dit une voix vive et affectueuse, qu'irez-vous faire sur le mont Pilate? dans tous les cas, si vous tentez l'escalade, accomplissez-la... ou crevez en route!... et ne soyez pas de ceux qui cherchent un point d'appui à mi-côte, entre la cime où l'on ne peut monter, et la vallée où l'on ne peut plus redescendre.

— Eh! vraiment non, fut-il répondu, nous partons ou nous demeurons nous autres, mais quand une fois nous sommes partis!...

— Ils sont enragés! m'écriai-je, et capables d'aller planter quelque séditieux emblème sur les cimes du mont Pilate.

La journée se passa en allées et en venues, en si, en mais, en car, en que sais-je, et en peut-être qui étaient pleins du plus profond intérêt.

— Eh! bien, après?... s'écriait-on de toutes parts, sommes-nous venus ici pour saluer nos princes exilés et nous en aller comme des automates qui n'ont pour leur foi que des larmes et de stériles adulations? Quoi! aux heures les plus solennelles de ce siècle tourmenté, au lendemain du réveil superbe des principes d'ordre divin.... pendant que Rome et le monde frémissent encore de cette explosion de génie et de fermeté qui clôt l'ère des révolutions; pendant que la suprême intelligence retrouve enfin par la souveraineté de la foi toute la beauté de son prestige, nous demeurons là, impassibles et muets, sans qu'une parole brève et haute vienne proclamer l'union indissoluble du droit dans l'Etat et dans l'Eglise!... L'Eglise aujourd'hui est enfin revenue à sa place; elle a dit le mot que l'univers réclamait d'elle; son œuvre d'autorité, d'intelligence et de morale est achevée; il n'y a plus à y revenir; le droit est fixé par la foi. Le Père des fidèles a parlé; l'unanimité des puissances chrétiennes lui a répondu par la voix de trois cents évêques. N'est-ce donc pas à nous maintenant, armés de ces paroles de force et d'ordre suprême!...

Ah! monsieur et bien cher ami, je vous demande la permission de ne pas aller plus loin. Vous comprenez, n'est-ce pas, de quelle anxiété vraiment merveilleuse étaient animés tous ces pèlerins de Lucerne, tous ces hôtes d'un prince exilé, tous ces confesseurs de la foi catholique, tous ces pères, ces chefs de famille qui, victorieux dans la doctrine, éprouvaient un besoin presque fiévreux de lutter, de combattre et de vaincre sur le terrain des choses temporelles. Ils voulaient et ils cherchaient l'issue à l'action; trop confiants à la part de liberté qui leur est faite, ils voulaient ramasser le tronçon du glaive que la rouille dévore à leurs pieds; et ils avaient cru un moment possible de faire revenir leur chef auguste sur de précédentes décisions marquées au signe de la sagesse la plus vraie, de la raison la plus mâle et la plus fière. Quant à moi, je n'oublierai jamais leur contenance noble, soumise et résignée, quand ils revinrent, disant tout haut à qui voulait les entendre :

— Nous sommes battus..... mais contents ; et pour le moment du moins, nous voilà réduits à remettre au fourreau..... nos épingles !

— Là ! leur répondit une voix tranquille, mais on se borne à vous faire observer que vous ne devez pas vous illusionner le moins du monde sur le caractère des temps modernes. Le débat aujourd'hui pendant n'est pas seulement posé devant la France, mais bien devant l'Europe et devant le monde. C'est toute une période qui aboutit, et dont le plein effet va sortir, pour confirmer ou infirmer une révolution sur le compte de laquelle en France, tout le monde, ou à peu de chose près, se trompe. Depuis plus de soixante-quinze ans, l'Europe tourne sur elle-même à la façon d'un cheval aveugle ou d'un malade pris de vertige. Tous les fils conducteurs de la vie politique et sociale sont horriblement mêlés ; ce n'est plus seulement un imbroglio, c'est un fouillis épouvantable où la *confusion des langues* rend toute solution humaine puérile et dérisoire. Les peuples qui ont le plus besoin les uns des autres, se grisent du *vin de la colère ;* ce qui est proclamé vérité en ce jour est mensonge le lendemain ; les principes ne sont même plus des drapeaux, mais de pures matières à querelle, des argumentations de rhéteur, tour à tour acclamés ou conspués par la même bouche, au service de la finesse du jour qui ne sera plus la finesse du lendemain. Chacun met sa prétention en avant; et nul qui ne veuille en secret autre chose que ce qu'il demande. De toutes parts se produisent au grand jour les solutions mensongères, pendant que se dissimulent prudemment les solutions décisives. On cherche en vain des visages; on ne voit plus que des masques, prêts à tomber dans le sang sous la main violente de la Providence.

Ah! ah! vous voulez travailler à l'œuvre des temps... Eh! bien faites rougir l'Europe de ses criminelles extravagances, et mettez-vous en quête de trois justes... si vous voulez que le Seigneur soit fléchi.

Nous pérorâmes longtemps sur ce ton un peu lugubre; puis, quelques heures plus tard, nous nous retrouvions dix ou douze, si je ne me trompe, dans une pauvre chambre d'auberge, les uns assis sur un escabeau, celui-ci sur un lit, cet autre sur une malle; et si, ailleurs, l'entraînement avait eu sa part, je puis bien vous affirmer que là il n'y eut plus que la haute raison d'invoquée et la saine sévérité de l'histoire.

— Messieurs, disait un vaincu de 1830, un septuagénaire non lassé, mais éclairé par trente-deux ans de résignation, nous avons méconnu le caractère de notre époque; nous avons eu confiance à l'épée, et l'épée s'est rompue entre nos mains. Nous avons voulu ressembler aux cavaliers de Charles Ier, ou aux compagnons d'Henri IV, quand nous n'avions qu'à ressembler, pour vaincre, aux confesseurs de la foi. Si notre cause est excellente, il faut qu'elle triomphe par elle-même; mais, comment triomphera-t-elle si nous manquons à l'enseigner? L'œuvre légitimiste est œuvre de doctrine, non de force; nous ne devions songer qu'à LA FAIRE CONNAITRE; à en semer le germe puissant dans les esprits. Mais, ne sachant nous élever à cette hauteur, nous nous sommes faits révolutionnaires pour vaincre la Révolution; comme la Révolution, nous avons à la fois entravé le pouvoir et offensé la liberté. Trop confiants à l'empire absolu du bien sur le mal, nous avons laissé le mal s'emparer de l'opinion; puis, à l'heure des luttes armées, nous nous sommes évanouis avec une stupéfaction profonde, parce que nous avions laissé grandir le mal déchaîné autour de notre cause enchaînée. Nous avons cru avoir une Restauration en 1815, et nous n'en avons eu que l'ombre. Il nous a semblé que le légitime héritier des rois de France, remontait au trône de ses pères..... et pas du tout; au lieu de remonter au trône de ses pères, il montait à la fois et sur le trône de la révolution et sur une sorte de trône dictatorial dont il se proclamait l'ouvrier; au lieu de restaurer l'empire du droit, il se faisait l'auteur d'un droit nouveau. Par le nom, par le sang, par la race, c'était bien un roi de France; par le droit et l'autorité acceptée, c'était un nouveau chef de dictature, invoquant un droit et le mutilant, se proclamant l'œuvre d'une constitution naturelle, et se déclarant l'auteur d'une constitution octroyée. Sans confiance à l'autorité, comme sans confiance à la liberté, il trouva plus facile de maintenir la révolution que D'ORGANISER la démocratie. Peu édifié sur le mystérieux essor des forces de l'opinion, il la craignit chez ses adversaires, et la redouta dans son propre camp... ce qui est la condition positive d'une défaite cruelle et prochaine. Messieurs, ne reconnaissons pas à l'opinion le droit de mal faire, mais reconnaissons hautement qu'en des époques telles que les nôtres on ne gouverne les sociétés qu'en sachant gouverner l'opinion. Ne l'opprimons pas, car c'est la plus lourde des fautes, l'œuvre de gouvernants ivres et hallucinés, qui préparent comme à plaisir leur catastrophe dans le mutisme farouche de l'opinion irritée; mais réveillons-la au contraire; ayons confiance, et ne lui laissons pas croire que nous la craignons. Appelons-la autour de nous; provoquons-la sans cesse, partout, toujours, en tout, d'une façon large et libérale : et si je voulais être un habile, je vous dirais que c'est l'unique moyen de la lasser sans la rendre furieuse.

— Malheur à nous, disait un autre, car nous avons eu confiance aux misérables pratiques de révolutionnaires infatués. Au lieu de créer intelligemment l'antagonisme du mal, nous avons décuplé ses effets en essayant de le détruire; au lieu de gouverner l'opinion, nous l'avons irritée ; et c'est nous, messieurs, qui avons fait la renommée immense de Béranger, pendant que nous ne faisions pas celle des de Maistre et des de Bonald. Et l'on se plaint que la liberté de la presse ait tué la Restauration... tandis que si quelque chose pouvait tuer une période politique mort-née, marquée au signe révolutionnaire, c'était précisément l'absence de la liberté de la presse ; car, si la presse eût été libre alors, comme on le voulait à la Chambre des pairs de 1816, comme le voulait M. de Villèle, comme le voulaient tous les esprits sérieusement monarchiques et conservateurs, il n'eût pas suffi de vingt articles du *National* et d'une protestation de trente journalistes délirants de peur pour envoyer Charles X à Holy-Rood et le duc de Bordeaux à Frossdorf.

— Non, non, ajoutait un autre d'une voix passionnée, nous ne pouvons plus rien être que par l'opinion. Nous avons à notre tête un prince qui, par son admirable caractère, par l'ensemble des qualités les plus riches et les plus grandes, est le plus évident élu de la Providence qui jamais se soit avancé dans la vie ; et la France ne le connaît pas. Nous sommes en possession de la doctrine la plus haute, la plus parfaite, la plus entière, la plus attrayante à l'intelligence qui fut et sera jamais..... et cette doctrine, la France ne la connaît pas. Nous sommes un parti de gens honnêtes qui avons lutté avec honneur, souffert avec résignation, espéré avec constance ; et de nos larmes, et de nos efforts, et de notre fidélité, cette vertu si rare, la France ne nous tient pas compte. Contre les fièvres de l'agio, contre les désordres de l'industrie, contre les insolences du capital, nous sommes le parti de la terre, le parti de la production; en nous seuls le paysan se confie et se fortifie; hors de nous, il souffre et se débat dans les griffes de son semblable parvenu, de l'usure triomphante ou de la chicane rapace. Hors de nous, il meurt à la peine, dans sa lutte infernale avec la division infinie du sol; il n'a que nous pour amis, mais il n'y a que lui qui le sache sans le dire..... et l'opinion ne le sait pas. Avançons-nous donc dans l'opinion, par l'opinion, car, pour l'avenir de notre cause, il importe plus, croyez-le bien, d'être compris que subis. Nous ne saurions rien y perdre, nous y avons tout à gagner.

Là-dessus la conversation prit un tel tour que je ne saurais en continuer l'analyse, et qu'il est bon que je remette à un entretien plus intime l'exposé sincère de ces instructifs débats.

Eh! bien, monsieur et illustre maître, membre de l'Académie des sciences morales et politiques, que pensez-vous des propos qui se débitaient à Lucerne, même après les inspirations de Méhul et les tirades... avec variantes?..... Que n'étiez-vous là, avec toute votre science, pour river le clou à ces malavisés?... Mais quoi! vous êtes une âme pure, forte, loyale; et, après avoir médité un moment sur la façon quelque peu distraite dont votre ambassadeur étudiait les institutions républicaines, je pense que vous auriez cru devoir prendre en considération bien sérieuse des hommes qui, blâmant la Restauration dans ses concessions funestes, comme dans ses inquiétudes fatales, en arrivaient à revendiquer tout droit ce qu'il y a de plus grand ici-bas, la plénitude de la liberté dans la plénitude de l'autorité.

Mais les heures s'avançaient rapides : le soir nous retrouva auprès du prince et de son auguste sœur. Une conversation intéressante s'achevait, dans laquelle j'eus le bonheur de saisir ces mots prononcés de cette voix d'argent et d'airain dont je vous parlais plus haut :

— Pauvre France ! on l'a tant gouvernée par ses vices et ses petitesses, le temps ne va-t-il pas venir de la gouverner par l'éclat de ses talents et l'autorité de ses vertus?...

Je me reculai, je l'avoue, presque pénétré d'épouvante d'entendre de semblables paroles prononcées par une pareille bouche ; et, le cœur tout palpitant d'émotion, je murmurai à l'oreille d'un ami :

— Convenez au moins que c'est là une âme intrépide, puisque la voilà qui se fait à elle-même le dénombrement de ses douze travaux. Voilà certes une parole qui sent son Trajan et son Marc-Aurèle, une parole qui contiendrait au besoin un règne glorieux et magnifique. Cette parole-là remue sans doute une de ces vastes idées que l'on caresse quand on a l'esprit juste et profond ; mais.

pour la réaliser cependant, il faut Dieu d'abord qui aide l'œuvre, et qui la confirme, en donnant à son élu un cœur d'ange et une main de fer.

— Œuvre de rêve! murmura en tressaillant mon timide interlocuteur.

— Mais pas du tout! osai-je répondre, œuvre moins impossible que vous ne le supposez. Le mal ne déborde et n'emporte tout qu'à l'heure où on l'encourage; mais le mal est lâche plus qu'on ne pense; et quand on lui montre les dents...

Cinq minutes avant neuf heures, je vis l'excellent prince sourire d'une façon affectueuse, en prenant le bras de madame la duchesse de Parme; puis les portes vitrées du balcon s'ouvrirent et, sur les pas des nobles exilés, la foule se précipita pour attendre le mystérieux événement qui devait se produire sur les hauteurs du mont Pilate, pendant que je disais à l'oreille de mon ami :

— Voyons donc un peu quelle fête réserve la jeunesse française à ce prince qui a l'âme si jeune et l'esprit si mûr.

LETTRE DIXIÈME

Vaurais, ce 30 décembre 1862.

Un soir d'orage dans les montagnes. — Gerbes de feux du haut des cimes. — *Lumen in cœlo.* — Gens de pratique et d'inspiration. — Foi et grandeur dans l'âme du peuple. — La fille du brave Espanet. — Le vœu d'un mourant. — Quinze années de patience. — Les indigents déguisés. — Dernière visite au Lion de Lucerne. — Il se lève et secoue sa crinière. — Vision. — Une république de quarante-huit heures.

Vers la fin de juin, vous le savez, les nuits sont lentes à venir; et l'on dirait que le soleil hésite avant de quitter la terre chaude de ses embrassements.

La journée avait été belle, mais pesante et un peu orageuse; car, au fond de ces gorges escarpées, la chaleur devient bien vite étouffante, et les vapeurs des monts se chargent aisément de foudre et d'éclairs. Mais, madame la duchesse de Parme, vous ai-je dit, avait promis le beau temps.

et le beau temps avait persisté.... Seulement, à l'heure du coucher du soleil, tous les nuages du Pilate avaient paru descendre vers le lac ; puis, ils s'étaient éloignés dans les profondeurs, se chargeant de teintes sombres ; de telle sorte qu'aux dernières lueurs du crépuscule, toute la base des monts était comme coupée par une immense nappe de nuages noirs, diaprés à leur échancrure de longs filets de pourpre et d'or. Bientôt les feux du couchant disparurent peu à peu, pendant que les roulements du tonnerre faisaient entendre au loin leur brusque et solennel murmure.

A l'heure où les fenêtres du Schweizer-Hof s'ouvrirent, de longs éclairs sillonnaient çà et là le lourd amas des nuages; alors, le flanc des montagnes paraissait s'enflammer; le lac immense sortait de l'ombre; puis, tout rentrait dans la nuit, pendant que les vapeurs fulgurantes s'élevaient au-dessus de l'occident verdâtre. Par moments, la base des monts paraissait trembler au bruit sourd de la foudre ; mais l'éclair en ses zigzags fantastiques, n'atteignait jamais le sommet, et semblait reléguer dans une obscurité sinistre les cimes glacées du Pilate.

On assure que les zouaves pontificaux chantent parfois à Rome une sorte de cantique enthousiaste, où il est question d'une étoile qui apparaît dans les cieux — *lumen in cælo*. Il est donc à croire que ces hardis compagnons inspirés par leur chant de guerre, n'avaient prétendu à rien moins qu'à le traduire en effets radieux de la plus haute poésie. J'ignore, si à ce moment suprême, ils entonnaient leur hymne à la lumière apparue de haut à travers la nuit, toujours est-il qu'à neuf heures précises, nous ne pouvions nous empêcher de pousser un cri de joie à peine contenu par le respect, au spectacle qui s'offrit à nos yeux. Ce fut d'abord une effluve de lumière qui jaillit d'une façon un peu indécise sur la cime la plus extrême des glaciers, à je ne sais plus combien de toises au-dessus des orages et des éclairs.... Puis, bientôt, ce fut une gerbe de feux ; et je ne saurais vous exprimer de quelle émotion me remplit ce spectacle grandiose, et quelles pensées remua en moi cette lumière partie de si haut, qui se révélait au-dessus des tourmentes de la nature, en face et en honneur de toute la légende française rassemblée sur le front auguste d'un prince exilé.

Que pensez-vous de pareils faits, en de pareilles circonstances ?.... Moi, je les trouve encore moins satisfaisants qu'extraordinaires, et je pense qu'ils ne se seraient pas produits, si Dieu ne leur avait réservé une signification offerte aux intelligences avides de comprendre et de prévoir.

Car ce que n'avait pas osé tenter un guide habitué aux dangers, des enfants de France oublieux du péril, l'avaient fait comme en se jouant..... Seuls, insoucieux et intrépides, ils avaient réalisé le prodige inspiré par l'enthousiasme, accompli par la témérité; et ils étaient allés lancer des fusées en pleine nuit, sur la cime d'un glacier presque inaccessible, à travers les neiges fondantes, pendant que les princes, objet de leur amour, contemplaient ces jeunes mains françaises remuant la lumière dans les cieux..... *Lumen in cœlo*, comme dit la chanson des zouaves.

Et, ce qui m'a ravi, monsieur, dans cette manifestation de Lucerne, c'est qu'elle a été presqu'en tout œuvre de foi et de jeunesse..... Jeunesse brillante et fière d'elle-même..... écoutant des vers, disant à tous les échos sa chanson d'enthousiasme ou de bonne humeur; puis se ruant aux choses impossibles, pour adresser au jeune père du vieux droit, un salut digne de lui et des grands rois ses aïeux qui ont fait le nom de la France, en l'inondant de lumière.

— Ce ne sont pas là des actes..... me disait à demi-voix, un jeune apôtre tout frais émoulu de la politique secondaire; un de ces aventureux, de ces satisfaits d'eux-mêmes, qui s'intitulent *gens de pratique*, parce qu'ils passent leur vie à caresser le rêve des solutions qui pourraient être *pratiques* et qui ne sont que vulgaires.

— Eh! si, vraiment! lui répondis-je, ce sont des actes, et des actes dignes d'une tendre sympathie, parce que ce sont des actes inspirés par la toute-puissance des situations qui éclatent d'elles-mêmes; et non préparés par une audace personnelle qui va réveiller et irriter une audace contradictoire. Laissez-moi donc en repos, avec vos œuvres pratiques... car, ces œuvres-là, quand elles sont, ne sont que la capsule brûlée avant l'heure par les soldats indisciplinés. Bornez-vous donc à constater les actes d'amour que la foi enfante. Semez-en le récit à tous les points de l'horizon... cela vaut mieux, je vous jure, que de perdre innocemment de petites méditations à préparer de petits coups qui font à peine un peu de bruit.

Ah! honnêtes gens *de pratique*, comme vous me faites sourire; mais que je préfère, en vérité, à vos rodomontades prudentes, les actes de foi aveugle et les gerbes de pure lumière sur le mont Pilate! Où sont-ils en ce moment nos endiablés chercheurs d'impossible? Dorment-ils sur un lit de neige? Disputent-ils aux aigles et aux chamois un lambeau de chair ou une touffe d'herbe? Sont-ils restés? Je l'ignore. Sont-ils revenus? Il est raisonnable d'affirmer que je l'espère. Mais ce qui restera certainement et à coup sûr, c'est le fier et poétique souvenir de leur téméraire escalade; c'est le sentiment généreux et austère qui leur a inspiré cet acte de foi et d'audace. Croire! oser! tout est là; seul celui qui croit est celui qui ose; et quand on a su secouer la lumière sur des glaciers inaccessibles!...

Mais, pardon, j'irais trop loin en suivant cette nouvelle pente, nous aurons le temps d'y revenir, d'une façon plus ample, quand je serai au bout de mes recherches patientes à travers les institutions républicaines.

A cette heure cependant, permettez que je mette le feu aussi moi, à la gerbe de pure lumière que je vous ai préparée pour la fin, pour le *bouquet*, pour le couronnement de mon modeste édifice. Et ici, vous serez avec moi, j'en ai la certitude, parce que j'ai à vous raconter un fait tout simplement sublime, qui a pris son germe dans le cœur du peuple, et qu'il convient de lui remettre au front comme une couronne dont lui seul peut-être est digne, par la profondeur passionnée et la tendre ingénuité de ses affections... Ecoutez... le fait que je vais vous raconter s'est accompli à la face de dix mille Français enthousiastes... et si vous savez quelque chose de plus grand dans l'histoire du monde... je vous engage à me le dire.

Le lendemain de la soirée orageuse, nous voyons arriver près des princes, à travers une haie de duchesses et de grands personnages, une pauvre femme du Languedoc, vêtue de noir, en signe du deuil qu'elle porte, dit-on, depuis quinze années; elle peut avoir quarante ans; elle a l'œil éclatant de feu, timide, profond et un peu triste, le visage maigre et austère. Elle s'avance en chancelant, elle veut parler, elle pleure; le prince fait un pas et la reçoit presque dans ses bras; alors un sentiment de joie étrange semble ranimer ses regards; elle se raffermit, elle cherche à se relever; puis elle retombe presqu'à genoux, et s'écrie d'une voix entrecoupée de sanglots :

— Siré, je viens saluer Votre Majesté, de la part du brave Espanet, mon père, un bon et fidèle royaliste qui est mort il y a quinze ans, après avoir reçu de nous la promesse que.....

L'excellente femme ne peut continuer; les larmes lui étouffent la voix; et rien, non, rien au monde ne saurait donner une idée de l'effusion magnifique qui vint en ce moment illuminer le visage de celui que cette sainte fille venait d'appeler: le Roi!... Je vous atteste qu'à ce moment, je le dévorais des yeux et que jamais je ne reverrai un pareil échange de sympathie ardente entre un cœur populaire et une âme royale. Il me sembla qu'entre ces deux fronts s'élevait une rapide lumière de tendresse affectueuse, destinée à devenir le signe de toute une époque. Il ne pleurait pas, lui; mais ses grands yeux bleus rayonnaient d'une joie, d'une sérénité profonde; on eût dit qu'il se sentait en pleine possession de la confiance et de la tendresse populaire; puisque c'était le peuple qui, le premier, songeait à venir le saluer de la part des morts.

Il embrassa tendrement la digne femme, et lui dit qu'il était heureux de recevoir le salut du brave Espanet.

Mais, si l'action avait été forte et soudaine, que ne fut pas le récit qui, quelques instants plus tard, nous arrachait à tous des larmes.

Espanet le père, était un paysan royaliste des environs de Lunel. En 1815, il se battit de son mieux; en 1832, il pleura de colère en recevant l'ordre de déposer les armes; en 1846, il était pauvre comme Job, vivant au milieu de ses enfants, dont l'aînée n'avait guère plus de vingt ans. Sentant sa fin prochaine, il fit demander un prêtre, se confessa et reçut les sacrements; il s'apprêtait à bien mourir, pendant que tous les siens étaient groupés autour de sa couche..... Tout d'un coup, il s'agite, de grosses larmes roulent dans ses yeux; le prêtre tout ému, s'approche pour lui demander la cause de ses larmes, et il lui dit :

— N'êtes-vous pas heureux, de vous en aller vers le bon Dieu?...

— Oh! oui, dit Espanet d'une voix déchirante; mais moi qui m'étais si bien promis que j'irais voir le Roi avant de mourir, moi qui n'ai pas passé un seul jour sans prier pour lui, depuis vingt-cinq ans..... Toujours trop pauvre, j'espérais des jours meilleurs et, à chaque année qui s'en allait, je me disais : — Ce sera pour l'an prochain! L'an prochain a fini par amener la mort... et c'est triste pour un soldat de 1815, de quitter ce monde, sans avoir pu aller dire au roi : — Sire, j'ai vécu et je meurs fidèle; mais, vous ayant vu et salué... je puis dire que je meurs content.

Alors la fille du soldat royaliste fit un pas, elle prit la main du vieillard, et lui dit d'une voix ferme :

— *Moun pérà ploures pà, poudès mourri tranquille; s'abès pas pougut y anà, y anaren; sè l'abès pas bist, lou bëiren.*

— Mon père, ne pleurez pas, vous pouvez mourir en paix; là où vous n'avez pu aller... nous irons; celui que vous n'avez pu voir, nous le verrons.

Espanet, leva les yeux au ciel avec un sentiment de joie extatique; puis il tira de ses vêtements une cocarde blanche; et, la pressant sur son cœur, il ordonna que le pur emblème fût enterré avec lui; puis il mourut la face rayonnante, certain que le Roi recevrait, un jour ou l'autre, le salut du brave Espanet.

Mais ce n'est pas tout que promettre pour une admirable fille des royalistes de 1815. Ah! on dit que les Français ne sont pas constants; qu'ils manquent de persévérance; qu'ils abandonnent volontiers l'œuvre avant d'en avoir assuré le succès... Eh! mais, ce qui est vrai pour les uns, n'est donc pas vrai pour les autres; et direz-vous qu'elle manquait de foi et de force, cette fille du peuple qui se met en tête de faire des économies, dans le but d'entreprendre un voyage de sept ou huit cents lieues à travers des régions dont elle ne sait pas le nom?

Et ce ne fut pas là une patience de quelques mois; mais, une patience de quinze années. Pendant quinze ans, cette sainte fille se prive de tout, elle économise les liards, elle rogne les sous et les centimes; et, chaque soir, elle verse une goutte de sa sueur, une parcelle de son salaire dans le mystère de son épargne; puis la voilà qui se met en deuil, non pour un an selon la coutume, mais jusqu'à l'heure où elle se sentira dégagée envers la mémoire paternelle. Désormais elle n'a qu'un but, une vision, une idée fixe et ardente. Puis un jour — le bon Dieu ayant béni son épargne — comme elle entend dire que le descendant des Rois va venir à Lucerne... ne sachant pas même ce que c'est que Lucerne, la brave femme se fait faire des souliers neufs, et la voilà partie pour Lucerne, racontant à tout le monde qu'elle va enfin saluer le Roi de la part de son vieux père.

Eh! ne nous y trompons pas, monsieur et ami, des faits de cette nature sont tout simplement la quintessence de la grandeur; et, dans l'indigence de ce temps néfaste, c'est pour moi une grande joie de les connaître et un grand honneur de les raconter.

Et ce qu'il y a de bon dans tout ceci, c'est la leçon qui en découle, c'est la certitude qu'une si étonnante vertu, a pu trouver dans son acte même toute l'ivresse de sa récompense : et quand une âme a la vigueur nécessaire à l'accomplissement de pareils actes, soyons assurés que sa vigueur ne sera pas moindre pour en savourer le triomphe. La fille du brave Espanet a dîné à Lucerne auprès de la duchesse de Parme; elle a reçu pour présents la photographie des enfants de la bonne duchesse, toute sorte d'objets de piété; et nul doute qu'en revenant à Lunel, elle n'ait été déposer une part de ses trésors sur la tombe du père dont elle a si bien accompli le vœu..... Et vous qui raisonnez sur le bonheur, sur les joies ineffables de la vie, dites-moi s'il y a au monde une gloire, une joie, une ivresse, une rapacité satisfaite ou un orgueil saturé, qui puisse élever sa prétention frivole en face des transports de cette femme du peuple. Ah! voilà du moins une femme riche, et qui se fait à elle-même joie et honneur de sa richesse... tandis que vous, potentats hallucinés par la peur, céladons septuagénaires, financiers sans appétit, triomphateurs de quatre jours, héroïnes d'une nuit de fêtes... Allons donc, vous n'êtes que des indigents déguisés; et si l'or des âmes avait sa monnaie, vous tendriez la main à la fille du brave Espanet, et elle vous ferait l'aumône!

Le lendemain, nous devions partir. Je ne voulus pas quitter Lucerne, sans avoir dit un dernier adieu au prodigieux lion de pierre qui dort dans son lit de rochers. Tout ému encore des lumières sur le mont Pilate, du salut de la femme aux vêtements noirs, je m'acheminai vers les pentes qui conduisent au monument que déjà tant de fois j'avais admiré.

Il faisait nuit, et je le voyais à peine ; ses grandes lignes se dessinaient cependant encore aux pâles clartés de la lune ; l'invalide du dix août n'était plus là ; j'étais seul, livré à tant de préoccupations tristes et grandes, amères et consolantes, ne me trouvant pas assez indifférent pour savourer dans toute leur ivresse ces heures de surprise et de contemplation, qui certes, ne reviendront plus. Pourquoi, hélas! me disais-je, la conviction irritée ne permet-elle pas à l'imagination de s'exalter libre et heureuse dans la tranquille vision de faits que demain vont réclamer à grands cris la poésie et l'histoire? Ne te suffit-il pas de voir le beau dans son spectacle sans réclamer avec une irritation aveugle le bien dans les faits et dans la pratique? Pourquoi ne pas préférer les œuvres d'extase et de vue, aux œuvres de force et de raison? La lyre vaut mieux que le glaive; et faire le bien est si difficile, qu'il vaut peut-être mieux se borner à le connaître et à le chanter.... Mais quoi!.... l'œuvre du bien a aussi son enthousiasme surexcité par l'indignation que le mal inspire. C'est la haine dont on s'honore qui incessamment arrache l'âme à ses contemplations radieuses. On voudrait borner sa vie à saluer le bien et à le reconnaître: on ne peut pas; il faut qu'on marche; et quand une fois on a eu le cœur mordu par le mépris du mal épanoui dans le délire de ses triomphes, on éloigne la vision pure, et l'on se rue à l'action qui, par l'ivresse du devoir accompli, ou même par la satisfaction farouche d'une colère légitime fièrement servie, est une fin que personne au monde ne saurait s'empêcher d'honorer.

Ainsi devisant avec moi-même, et incliné sur un talus d'herbe fraîche, vous avouerai-je que je me laissai aller à cet état de vague et douce somnolence qui prépare la pensée à l'invasion parfois fantastique des rêves et des visions... — Je ne veillais, ni ne dormais; il me semblait que j'étais en pleine possession de mes sens et de ma raison; quelle ne fut donc pas ma stupeur quand il me sembla qu'un bruit effrayant venait me détonner à la fois dans le cerveau et dans les entrailles... Je me levai à demi... ô prodige! tous les éclairs de la soirée précédente, toutes les lumières du mont Pilate semblaient inonder de feux le Lion de Lucerne enveloppé de ses superbes légendes. Ce n'était rien, non rien encore, car bientôt il me sembla qu'un rauquement formidable faisait trembler à la fois toutes les gorges et les glaciers des Quatre-Cantons.

Mais que sommes-nous donc, ô Dieu de justice, et que vaut notre raison oscillante?... Ce que je vais vous dire, je l'ai vu... vu des deux yeux un peu sinistres qui percent mon pauvre crâne... non, non, ce n'était pas une illusion décevante... le lion avait fait un mouvement; il avait retiré sous lui sa grande patte pendante; puis, ses longs reins s'étaient arqués, sa tête s'était relevée et sa crinière de pierre avait tremblé en se hérissant. Ses yeux de feu lançaient mille éclairs; un moment sa patte géante caressa les fleurs de lys de son bouclier; puis d'un mouvement frénétique il se releva; sa longue queue blanche battit ses flancs; et par un de ces soubresauts inouïs, familiers à ce roi des déserts, il se replia sur lui-même; sa gueule sembla vomir des feux et du sang; et, allongeant son énorme tête, il arracha de ses dents aiguës la pique brisée qui lui perçait le flanc, et il la lança à travers les flots du petit lac, dont les vagues légères semblaient se teindre en couleur de sang. Puis, il poussa un cri nouveau, un rugissement de triomphe, car la plaie béante s'était refermée d'elle-même; et il fallait le voir relevant avec sa griffe le bouclier qui depuis tant d'années dormait sous ce grand cadavre destiné à se relever de sa mort apparente! Mais le lac... le lac!... le lac était plein de têtes, des têtes connues et signalées; il n'y en avait pas une qui n'adressât sa plainte aux cieux muets; puis elles disparaissaient peu à peu après avoir surnagé un moment. Quant au lion, il penchait au dessus des flots sa tête effrayante. Alors j'entendis comme le bruit de mille tambours qui déchirait les nuées. Je vis mon vieil invalide, le dernier des Suisses du 10 août, comme porté en triomphe par une foule immense, pendant que les cieux s'ouvraient à une phalange de divines apparitions semant de fleurs les pas d'un prince jeune et beau qui les écartait de sa route, et paraissait indiquer par là que les fleurs sont bien peu de chose, dès qu'elles tardent à devenir des fruits.

Ah! monsieur, ah! mon ami, vous allez vous écrier que j'avais la fièvre, et que mon cerveau irrité par mille obsessions successives... Hélas! je ne prétends pas le contraire; toujours est-il vrai de dire que je crois très-fermement qu'en certaines heures de fatigue, le cerveau obéit plutôt qu'il ne commande; mais, par cela même qu'il obéit, il n'en est que plus apte à traduire en ardentes images les spectacles réservés dans les mystères de l'avenir.

— Quoi qu'il en soit, quoi qu'il en puisse être, je vous ai raconté fidèlement tout ce que j'ai vu à Lucerne, tout ce que j'y ai compris, constaté, annoté pour le présent et pour l'avenir. Ne m'accusez pas de trop d'enthousiasme, je vous en prie; ce siècle a été si petit depuis son origine, qu'il est toujours tenté de prendre pour excessives les choses qui l'étonnent et le dérangent dans le quiétisme de ses admirations surannées.

Moi, j'ai vu à Lucerne un prince, un homme qui m'a paru absolument nouveau dans ce siècle : car il porte avec lui non les défauts d'entraînement qui ont gâté le siècle; mais les qualités de hauteur et de résistance qui, seules, peuvent le régénérer. J'ai vu à Lucerne un personnage tout à fait extraordinaire, si, comme c'est ma conviction profonde, les défauts que le vulgaire ignorant lui prête, sont les plus hautes de ses providentielles qualités : un prince encore enveloppé d'ombres qui, pour être à l'arrière-plan des faits, n'en est que plus en avant des idées les plus vastes et les plus fécondes.

J'ai vu encore à Lucerne un parti. un parti

longtemps méconnu, longtemps outragé, mais qui me semble avoir *appris* dans les longues heures de sa retraite, tout ce qu'ont *oublié* ses adversaires dans les ivresses de leurs triomphes.

Puis, j'y ai senti encore l'éternelle présence des grands principes, des vérités démontrées, des traditions renouées. J'y ai compris une attache mystérieuse, mais plus sûre, plus forte, plus indissoluble que jamais entre tous les aspects religieux, politiques et sociaux du christianisme, remis peu à peu sur son immuable base : j'y ai constaté des signes pleins d'éclat; j'y ai senti monter le vent; j'y ai vu l'aube déchirer les nuages; y ayant posé les mains sur le cœur lassé de la France, je l'ai senti battre sous une admirable impulsion de force et de renouveau.

Et voilà, en fait d'institutions républicaines, ce que j'ai vu de plus clair à Lucerne. Vous, maintenant, si dans le passé, dans le présent, ou dans l'avenir, vous savez où est la république, je vous prie instamment de me le dire; et, en requerrant de vous cette démonstration, j'aurai du moins la charité de ne pas vous envoyer à Rome, où, si vous deviez rencontrer jamais la république, ce serait une république de quarante-huit heures, qui trouverait une conscience européenne pour la flétrir, et des Gaulois pour la renverser.

CONCLUSION

« — Je ne saurais m'opposer — m'avez-vous écrit il y a trois mois, monsieur et ami — à la publication des lettres que vous m'avez adressées dans le courant de l'automne dernier. Ces lettres vous appartiennent; c'est votre conviction qui les a dictées; à ce titre vous les devez sans doute au public dont vous possédez, ou dont vous cherchez les sympathies. Toutefois, permettez-moi de vous faire observer que la décision dont vous me parlez ne cadre pas parfaitement avec la profession que vous faites d'obéissance absolue aux lois qui vous protégent et garantissent votre sûreté. Je n'ignore pas que la crainte n'a sur vous aucun empire; Je vous connais.... Je vous sais par cœur.... Tels et tels ont la maladie de l'absinthe, d'autres celle du tabac ou de l'opium; vous, mon cher poëte et ami, vous avez la maladie de la témérité, et le jour où vous aurez le choix entre un lit de roses et un lit d'épées, vous irez vous coucher gaillardement sur les épées... afin de prouver aux gens que cela ne fait point de mal. Toutefois, je vous fais observer que, pour un partisan si résolu du principe d'ordre et d'autorité, pour un doctrinaire presque fanatique de l'intervention incessante de la Providence, pour un *confesseur de foi*, qui répudie avec une détermination sombre et aveugle tout esprit de révolte et d'insoumission.... je trouve votre décision un peu prompte, pour ne pas dire un peu osée. Pourquoi les publiez-vous, ces lettres?... vous n'avez guère l'habitude de prendre la plume pour ne pas conclure, ce me semble? J'ai reproché parfois à votre logique de confier les écarts de son vol aux ailes rapides de votre muse. Çà et là vous me déroutez, en tenant trop peu de compte des faits que j'aime à suivre terre à terre. Jamais cependant je ne vous ai entendu parler pour la joie enfantine de coudre des mots à des mots, ou de provoquer les effluves d'une sentimentalité larmoyante. C'est à ce point qu'il y a telle ou telle circonstance où vous me faites l'effet d'un vieux procureur déguisé en amant des muses. A l'arrière de tout ce que vous dites, il y a quelque chose de froid, de tendu, de rigide : où voulez-vous donc en venir ? Je conçois que votre cœur ressente avec force les sentiments qu'expriment les lettres que j'ai reçues de vous; mais, je le répète, m'adressant moins à votre prudence qu'à votre loyauté, pourquoi les rendez-vous publiques ? Quel sens, quelle portée attachez-vous à *cet acte* de votre volonté libre ? Je ne suis pas arbitre en fait de convenances politiques, mais je pourrais être magistrat. Au lieu de vous parler du plus profond d'un cœur ami, je pourrais m'adresser à vous du haut d'un siége de juge ; et, dans cette supposition, je vous prie instamment de me dire, vous qui, étant *légitimiste*, êtes nécessairement le doctrinaire de la loi — *Legis*.... ce que vous me répondriez. »

— Ce que je vous répondrais, excellent maître et ami, en vérité, en vérité, vous me faites la part trop belle ; et ma réponse à votre interpellation affectueuse, je voudrais pouvoir la faire afficher au prétoire de tous les tribunaux de France et de Navarre, à la porte de tous les juges, tant je la maintiens innocente, en accord plein et parfait avec le respect du droit, des lois et des convenances.

Ma conclusion ?... dites-vous ! — Mon dernier mot ? Le sens ferme et précis des lettres que je vous ai adressées ?

Eh ! par grâce, écartez de ce débat les invocations à la *prudence*, ou les insinuations de *témérité* ; car je ne saurais admettre qu'il y ait imprudence ou témérité à produire une doctrine qui est l'essence elle-même du droit dont j'ai accepté l'empire. Je ne suis pas téméraire le moins du monde, je vous assure ; mais j'aime à jouer cartes sur table, moins à attendre qu'à provoquer l'objection devant laquelle je ne puis pas même concevoir la pensée de reculer.

Il y a en France un gouvernement, n'est-ce pas, qui s'est affirmé, affermi et moralisé, aux yeux du pays et du monde, par l'adhésion presque unanime du suffrage universel.

Cette adhésion constitue, à n'en pas douter, une nature quelconque de droit. Ce droit, je ne le mets pas en discussion ; il est ce qu'il est, il vaut ce qu'il vaut. Si l'exercice de ce droit m'avait paru incompatible avec ma dignité de citoyen, mon devoir eût été, en lui refusant ma soumission, de refuser toute participation à son exercice ; de demeurer contre l'autorité, créatrice des lois, en état d'hostilité absolue et permanente.

Ne l'ayant pas fait, ayant trouvé bon d'accepter, pour ma personne et ma famille, la garantie sans cesse vigilante du magistrat et du gendarme, qui sont les agents du gouvernement établi, il ne se peut donc pas que je discute l'origine du droit dont je revendique la protection. Le suffrage universel s'est engagé, cela ne fait aucun doute. J'admets volontiers — même contrairement à l'opinion de M. le premier président Troplong (1) — que le peuple qui s'est engagé n'ait pas le droit de se dégager à son loisir. Il y a cependant une volonté

(1) Le peuple fixe ses destinées ; mais en les fixant il ne réserve qu'à lui seul le droit de les modifier.

(Rapport au Sénat ; février 1861.)

qui est supérieure au suffrage universel, c'est la volonté de la Providence, qui tient dans ses mains le sort des nations, des princes et des dynasties. Or, s'il plaisait à la Providence de délier ce que le suffrage universel a lié ; s'il plaisait à la Providence de rendre à chaque citoyen français sa part de souveraineté aujourd'hui aliénée, qui oserait trouver étrange ou inconvenant que tel ou tel citoyen en eût formulé même à l'avance l'hypothèse ? On m'a consulté sur le fait de savoir si je donnais, OUI ou NON, mon adhésion au rétablissement de la dynastie impériale ; j'ai répondu : OUI ou NON ; cela n'est pas la question ; mais comme il n'y a pas de chef d'État qui ne soit incessamment en intention éventuelle d'abdication ; comme il n'y a pas de dynastie qui ne soit perpétuellement sujette à la mort de chacun de ceux qui en sont le symbole, il en résulte que mon intervention réclamée, il y a dix ans, fait mon intervention nécessaire, attentive et vigilante, pour l'hypothèse de telle éventualité que la raison peut admettre, et qui n'est un acte d'hostilité ni contre le gouvernement établi, ni contre la dynastie.

Pourquoi m'a-t-on appelé en 1852 ?... Il ne s'agissait pas le moins du monde de remplacer une souveraineté par une autre, mais bien de remplir une vacance.

Ici, prenons garde, je suis dans le droit, je veux y rester. Si la dynastie impériale avait fait acte de dépossession dynastique, je serais sans doute dans le vrai, mais je serais hors la loi en soutenant que cette dynastie peut être dépossédée. Mais il n'en est pas ainsi; la dynastie impériale n'a dépossédé personne; je serais donc inexcusable au point de vue de la respectabilité absolue du suffrage universel, d'invoquer contre la dynastie une dépossession. Elle s'est bornée à bénéficier d'une vacance; et cela n'est pas douteux, puisqu'elle a soumis la question aux votes de dix millions d'électeurs, acceptant par là, de toute évidence, que la réponse fût affirmative ou négative. Electeur, je n'ai donc pas à m'inscrire contre l'affirmation qui a rempli la vacance au trône; mais, électeur, il m'est défendu d'abdiquer mon droit, un droit que je tiens de la constitution impériale elle-même, pour le cas où, comme en 1852, il y aurait ultérieurement lieu à remplir une vacance.

Je n'attaque donc ni la dynastie, ni son droit, ni le gouvernement, ni ses actes; je me soumets à la loi; je vénère la justice et ses arrêts; mais, ayant l'heur de n'être ni un poltron, ni un servile, moi aussi je cherche mon droit; je l'interroge; je m'y arrête; et ici, je vous prie de croire que je ne laisserai rien d'ambigu, car je veux pouvoir être clair, sans aigreur, sans hostilité, sans acrimonie.

Un contradicteur bienveillant me faisait observer ces jours passés, que le droit public français, antérieur au serment du Jeu-de-Paume, n'eût jamais admis comme innocente la publicité donnée à la supposition que je viens produire.

Mais le fait est positif, évident et indiscutable, répondis-je sans crier gare. L'ancien droit public, en France, admettait parfaitement l'hypothèse d'une extinction de dynastie; mais ce qu'il n'admettait pas et ce que le droit public moderne admet hautement, c'est l'intervention individuelle de chaque citoyen dans une question de cette nature. Pourquoi? Parce que la France monarchique, ne cessant jamais d'être en possession d'une représentation permanente, toute question de cet ordre supérieur incombait de plein droit aux pairs du royaume, aux parlements et aux états-généraux régulièrement convoqués. Mais aujourd'hui, la question de dévolution de la couronne ayant été formellement soumise au droit individuel de chaque citoyen, il en résulte que l'électeur qui a usé de son droit est en pleine puissance, en puissance de tous les jours, de toutes les heures, de prendre conseil avec lui-même et avec ses pairs, en prévision hypothétique de vacance. De nos jours, ce sont les dix millions d'électeurs inscrits qui sont LES PAIRS DU ROYAUME; et si ce sont eux qui ont envoyé une dynastie au trône, leur droit en ressort manifeste à formuler entre eux la prévision d'un cas possible de vacance ultérieure.

Je le répète, en mettant la main sur ma conscience avec une ingénuité sans réserve, je ne nie pas le droit dynastique de la famille aujourd'hui régnante. Je n'excite personne à une désobéissance dont je n'admets pas le principe. Je m'incline devant le droit, j'obéis aux lois de l'Etat; mais en face du respect que je professe, il me paraît juste que ma discussion loyale puisse s'élever au-dessus de l'hostilité des partis, comme aussi au-dessus d'un *arbitraire* qui doit baisser pavillon devant le respect qui est dû au droit, aux lois et à la justice.

Telle est la doctrine que je professe, bien cher maître et ami, et en réserve de laquelle j'estime qu'il est de mon droit comme de mon devoir de dire que Monseigneur le comte de Chambord, petit-fils du roi Charles X, arrière-petit-fils de Louis XIV et de Henri IV, prince dépossédé violemment du trône en 1830 par UNE ASSEMBLÉE USURPATRICE, pour employer la belle expression de M. le premier président Troplong, est un personnage d'un grand et admirable caractère, d'une vertu parfaite, d'une sérénité d'âme aussi précieuse que rare, d'un esprit mûr et consommé ; une âme ardente et enthousiaste qui, dans ses préoccupations constantes d'un dévouement sans limites aux intérêts de la France, tourne incessamment ses nobles rêves vers le progrès, vers le mieux, vers la réforme, vers la renaissance.

Vous ne me croyez pas, peut-être ?... dites plutôt que vous ne voulez pas me croire ; mais laissez-moi aussi, vous qui m'avez infligé une pérégrination républicaine, vous infliger à mon tour une promenade — intellectuelle à vrai dire — à travers l'oasis entrevue des véritables institutions monarchiques.

Je vous ai vu sourire d'un air narquois en apprenant que le prince avait conseillé à ses amis de s'abstenir sur le terrain de la politique militante; eh bien! voulez vous savoir de quelle façon il les consolait, vers quelle *initiative* il cherchait à tourner leurs efforts. Vous le voulez, n'est-ce pas?... En ce cas, que ce soit le dernier coup que vous porte ma conviction, et osez parler, après cela, d'*absolutisme*, d'*obscurantisme*, de *cagotisme* et de *droits seigneuriaux*.

« — Consolez-vous donc, disait en souriant le bon prince; jugez un peu si c'est l'inaction qui vous est en quelque sorte imposée; et comprenez que mieux vaut cent fois mettre en œuvre votre intelligence prévoyante que votre activité stérile. On vous a demandé, de ma part, de diriger vos travaux vers l'examen et la propagation des idées qui se rapportent à la décentralisation administrative. Je serai heureux d'apprendre que vous mettez cette pensée à exécution. Malgré les difficultés que vous rencontrerez au début, j'ai la confiance que vous réussirez, et vous aurez donné par là un utile exemple auquel j'attache le plus grand prix.

» Vous ne sauriez rendre à la France dans les circonstances présentes un service plus important et plus méritoire, que de vous efforcer par des études pratiques de préparer les voies à une réforme indispensable, dont le principe est aujourd'hui accepté par les meilleurs esprits, mais dont les avantages sont encore loin d'être appréciés à leur juste valeur par tous ceux qui sont appelés à les recueillir.

» Le champ est vaste ; plus vous le cultiverez et plus vous connaîtrez combien il est fécond. Mettez-vous hardiment à l'œuvre. Associez-vous, même hors de vos rangs, toutes les personnes qui peuvent vous prêter le concours de leur expérience, et soyez sûrs que vos efforts persévérants seront couronnés de succès.

» L'alliance de l'autorité et de l'ordre avec la liberté, tel est le problème dont la solution préoccupe constamment la France. Or, ce n'est que sur la base du droit que cette alliance peut être fondée d'une manière solide et durable. Vos travaux contribueront efficacement à remettre en lumière cette vérité trop longtemps méconnue, mais que l'on commence maintenant à entrevoir, comme on voit aussi plus clairement chaque jour que le despotisme et l'arbitraire corrompent fatalement et finissent par tuer l'autorité, qui trouvera au contraire ses garanties et sa force dans les institutions libres dont elle doit être entourée.

» Décentraliser l'administration largement, mais progressivement et avec prudence, sans lui enlever l'initiative et la sécurité qu'elle doit à la tutelle de l'Etat, et en tenant compte des éléments qui existent, comme de ceux qui se formeront, la rendre plus expéditive, plus simple, moins dispendieuse, plus équitable parce qu'elle resterait étrangère à des combinaisons politiques désormais inutiles, ce serait déjà un grand bienfait pour le pays; mais j'en ai la ferme conviction, vos études prouveront que, même sur le terrain social et politique, la décentralisation ne produirait pas de moins précieux avantages.

» En effet, quel moyen plus puissant et plus en harmonie avec nos mœurs et les faits contemporains, pour établir à la longue au milieu de nous une hiérarchie naturelle, mobile, conforme par conséquent à l'esprit d'égalité, c'est-à-dire de justice distributive, qui est aussi nécessaire au maintien de la liberté qu'à la direction des affaires? Multiplier et mettre à la portée de chacun l'occasion d'être utile en se consacrant selon ses facultés à l'administration des intérêts communs, faire que les rangs dans la société soient distribués suivant les capacités et les mérites, entretenir par un concours incessant l'émulation du dévouement, de l'intelligence et de l'activité dans des carrières constamment ouvertes à tous, et arriver ainsi à ce que l'influence et les distinctions se perpétuent avec les services rendus, c'est là ce que l'on peut légitimement se promettre de la décentralisation. Un tel résultat ne s'obtiendra sans doute qu'à l'aide du temps, mais il est assuré et sera durable, parce qu'il n'aura rien de factice. Plus la démocratie gagne du terrain, plus il est urgent de la régler et de l'organiser, pour préserver l'ordre social des périls auxquels elle pourrait l'exposer.

» La décentralisation n'est pas moins indispensable pour asseoir sur de solides fondements le régime représentatif, juste objet des vœux de la nation. L'essai qui a été fait de ce régime à l'époque où la France avait voulu confier de nouveau ses destinées à la famille de ses anciens rois, a échoué par une raison très-simple, c'est que le pays qu'on cherchait à faire représenter n'était organisé que pour être administré. Comment des assemblées formées en quelque sorte au hasard, et par des combinaisons arbitraires autant qu'artificielles, auraient-elles pu être la véritable et sincère représentation de la France? La décentralisation est seule capable de lui donner, avec la confiance réfléchie de ses besoins, une vie pleine, active, régulière, et de permettre que le gouvernement représentatif devienne une vérité. Elle seule aussi peut créer les mœurs politiques, sans lesquelles les meilleures institutions se dégradent et tombent en ruines. En appelant tous les Français à s'occuper plus ou moins directement de leurs intérêts dans leurs communes, leurs cantons et leurs départements, on verra bientôt se former un personnel nombreux qui, à l'indépendance et à l'intégrité, joindra l'expérience pratique des affaires. Alors les assemblées politiques, sorties pour ainsi dire des entrailles mêmes de la nation, aideront le gouvernement à remplir sa haute mission, en lui apportant avec leur utile concours une force de plus sans être jamais un obstacle ou un péril.

» Déjà des ouvrages remarquables, composés par des écrivains éminents, qui appartiennent aux écoles les plus diverses, ont traité ces grandes questions d'avenir et conquis à l'idée générale de la décentralisation les suffrages de tous les hommes éclairés. Il s'agit maintenant de la répandre, de la populariser, afin de lui obtenir l'assentiment de l'opinion publique; car vous le savez, de nos jours surtout, nul ne peut entièrement se soustraire au mouvement de l'opinion, et le gouvernement le plus ami du progrès ne saurait transporter, du domaine de la théorie dans celui des faits, des idées qui n'auraient pas été mûries d'avance et auxquelles l'opinion publique refuserait son appui.

» Je vous esquisse le plus clairement et le plus brièvement qu'il m'est possible la tâche à laquelle je vous convie. Elle est difficile et laborieuse, mais elle n'est pas au-dessus des forces de votre dévouement et de votre zèle pour les intérêts de notre chère patrie. »

— Eh bien ! seigneur et honoré membre de l'Académie des sciences morales et politiques, êtes-vous satisfait de ce programme ? Sans doute je ne saurais vous en garantir les expressions, mais je vous en garantis le sens et les passages principaux. J'ai entendu dire cela, à Lucerne, de mes deux oreilles ; et que ces vues si simples et si grandes soient le trésor de mes recherches à travers les institutions républicaines!

— Alliance de l'autorité et de la liberté sur la base du droit.

Est-ce clair ?

— Hiérarchie naturelle, MOBILE.... rangs distribués selon les capacités et les mérites.

Est-ce assez républicain, à votre goût ?

— Carrières constamment ouvertes, distinctions perpétuées AVEC LES SERVICES RENDUS.

Oh ! oh ! mais depuis Charlemagne, de grande mémoire, il ne s'est rien dit de plus fort, il ne s'est rien dit de plus vrai.

— Enfin, ORGANISER LA DÉMOCRATIE, pour préserver l'ordre social.

Pour le coup, si vous n'êtes pas satisfait, je vous renvoie à M. Proudhon, à ses œuvres et à ses pompes.

—Institutions représentatives, entendez-vous?... et non pas *constitutionnelles*. En 1830, le pays était susceptible d'être administré, non d'être représenté, ce qui revient à dire que le pays était condamné aux institutions *constitutionnelles* et pas le moins du monde *représentatives*.

Et finir par le mot suprême qui vaut tous les autres :

— Assentiment de l'opinion !... tout avec l'opinion, rien sans elle !

Je m'arrête. Etes-vous édifié ?... Prenez-y garde !... Si vous dites non, pour vous punir de m'avoir envoyé en Suisse... je vous envoie à Venise... où les portes du palais Cavalli vous seront ouvertes toutes grandes ; et nous verrons si le lion de Saint-Marc sera pour vous aussi éloquent que pour moi le lion de Lucerne.

Paris, ce 25 janvier 1863.

IMPRIMERIE PARISIENNE. — DUPRAY DE LA MAHÉRIE
Boulevart Bonne-Nouvelle, 26. Impasse des Filles-Dieu, 5. — 56

PARIS. — TYPOGRAPHIE DUPRAY DE LA MAHÉRIE
26, boulevart Bonne-Nouvelle (impasse des Filles-Dieu, 5). — 125.

www.ingramcontent.com/pod-product-compliance
Ingram Content Group UK Ltd.
Pitfield, Milton Keynes, MK11 3LW, UK
UKHW031908260826
14628UKWH00003B/1067

9 782329 431550